AF561474

LES MÉTAMORPHOSÉS.

Brux. Imp. de A. Mahieu et Ce, Vieille-Halle-aux-Blés, 31.

BIBLIOTHÈQUE ALLEMANDE.

LES

MÉTAMORPHOSÉS

ROMAN

Par Edouard Ziehen,

TRADUIT DE L'ALLEMAND

PAR

AUG. TAVERNIER.

BRUXELLES,
A. Bluff, libraire-éditeur,
12, rue des Plantes, faub. de Cologne.

1855

LES MÉTAMORPHOSÉS.

I

POURQUOI RICHARD STROMFELD N'ALLA PAS EN AMÉRIQUE.

« Charmante et joyeuse vie! » s'écrient, le flacon de vin doré au bord des lèvres, tous ceux qui, sans cesse et toujours, descendent ou remontent le cours du Rhin. — Oh! que je préférerais, moi, les superbes cataractes du Niagara ou les sombres et silencieuses forêts vierges du Missouri!

Celui qui venait de proférer ces deux exclamations, — l'une dédaigneuse, la seconde mélancolique, — accoudé sur la terrasse d'un charmant château que dominait les ruines d'un gigantesque burg, était un jeune homme d'une mise irréprochable, à la taille vigoureuse et svelte, à l'œil noir, dont la chevelure ondoyante encadrait un frais visage, qui essayait de se voiler de cette tristesse morose, pour ne pas dire grondeuse, qu'affectent si souvent et si volontiers les beaux jeunes hommes de vingt-cinq ans; ceux-là même devraient se trouver heureux, mais préfèrent vivre au sein de grosses douleurs imaginaires, auxquelles, il faut leur rendre cette justice, ils croient eux-mêmes de très-bonne foi.

Richard Stromfeld, — c'est le nom de notre héros,—au lieu de se complaire dans le spectacle de la riche nature dont les derniers rayons d'un soleil couchant faisaient l'un après l'autre saillir toutes les splendeurs,—ici, à ses pieds, les vertes émeraudes que soulèvent, en bruissant, les flots vigoureux et rapides du vieux fleuve des Germains; là-bas de fertiles collines envignées; plus loin encore de gigantesques pans de murs, restes des âges héroïques, se perdant dans la brume des cieux ou dans les éblouissements de la lumière, — Richard, disons-nous, ne voyait rien de tout cela. Son front était chargé de soucis, et sa lèvre de dédains : il se croyait malheureux.

Fort jeune encore, Richard avait perdu son

père, employé d'administration dans une petite ville de l'Allemagne centrale. Sa mère, tombée d'une modeste aisance dans un état voisin de la gêne, avait dû renoncer à ces doux projets qu'enfantent si facilement, pour l'avenir d'enfants chéris, tous les bons parents : elle avait rêvé les brillantes perspectives de l'avocat ; la pauvre femme se résigna, pour son fils, à l'obscurité du comptoir. Richard fut placé chez un négociant, bien que sa nature tînt en mépris souverain les habitudes du commerce. Le caractère brutal de son patron, sa mesquinerie, augmentèrent bientôt ses répugnances.

Quelques années s'écoulèrent ainsi, dans cette vie pour ainsi dire végétative; puis, sa bonne mère étant venue à mourir, Richard se résolut à quitter sa ville natale pour toujours. Une maison de New-York avait besoin d'un commis actif, intelligent; il se présenta à son correspondant, et fut bientôt accepté. Nous l'avons dit, Richard n'avait pas l'esprit mercantile ; il n'avait pas choisi sa carrière : il s'y était habitué ou plutôt résigné. Hardi, aventureux, dès sa jeunesse il avait rêvé l'inconnu du nouveau monde ; ce fut donc avec une véritable joie qu'il réunit bien vite les divers objets qui lui rappelaient ses parents aimés, et qu'il réalisa son modeste pécule pour se rendre à Hambourg, afin de de s'y embarquer.

La veille de son départ, Richard achevait, dans la cour de l'hôtel, d'écrire son adresse sur l'une de ses malles, lorsqu'un personnage, qui l'avait longtemps regardé, et qui avait suivi avec attention sa plume traçant une à une les lettres de son nom de famille, se fit reconnaître à lui pour le propre frère de sa mère, Antoine Winterbach, depuis longtemps parti pour un lointain voyage, et que l'on croyait mort.

Antoine Winterbach était devenu riche. Il s'opposa au départ de son neveu ; il ne voulait pas que le fils de sa sœur bien-aimée courût au hasard à la recherche de la fortune, quand il pouvait si facilement pourvoir à son sort, et, moitié par l'ascendant de son âge, moitié par l'autorité de sa parenté si proche, bien plus que par un élan de tendresse, l'oncle fit renoncer le neveu à son voyage d'outre-mer, et l'emmena à son château des bords du Rhin.

Depuis quatre années environ, Richard était dans la famille de son oncle, car M. Winterbach était marié et père. Richard eût dû se trouver heureux, et cependant un mécontentement secret agitait fréquemment ses sens ; parfois, il regrettait d'avoir cédé si facilement aux volontés de son oncle, en abandonnant son projet de passer en Amérique; parfois, il s'en voulait de ne point trouver le bonheur dans la situation qui lui était faite. Tantôt il accusait son oncle de sécheresse de cœur, tantôt il se reprochait à lui même d'être ingrat ou injuste.

Il faut bien le dire, cet état étrange d'esprit était dû à la singularité du caractère de Richard. Il était confiant, expansif, dévoué jusqu'à l'héroïsme dans ses affections; mais son inexpérience de jeune homme osait exiger des autres, ce que lui-même leur accordait ou plutôt leur jetait bon gré mal gré. Il s'était d'abord enthousiasmé de son oncle, et n'avait voulu voir en lui que les plus brillantes qualités. Malheureusement, M. Winterbach n'était rien moins que confiant et affectueux; d'un abord froid et sévère, ceux qui jugent sur les apparences le taxaient généralement de sécheresse, d'égoïsme, peut-être même de dureté. Richard, impressionnable, susceptible comme tous les gens dont la tête est menée par le cœur, malgré toute sa reconnaissance, malgré tout son respect, ne pouvait s'empêcher d'accuser son oncle d'indifférence.

Cette disposition chagrine de l'esprit chez Richard, ce mécontentement sans cause précise auraient probablement et depuis longtemps provoqué une rupture entre le neveu et l'oncle, sans la présence de deux autres personnes qui servaient en quelque sorte de médiateurs entre eux. C'étaient la femme d'Antoine Winterbach et sa fille, jeune personne de dix-neuf ans, à la taille svelte, à la tête de madone, aux yeux brillants comme les étoiles du ciel.

Madame Winterbach était une brave et digne femme, la bonté même, aux sentiments fort peu poétiques, et qui limitait aux soins du ménage l'horizon de son bonheur. La jeune fille, au contraire, possédait au plus haut degré la sensibilité du poète ; sa vivacité peu commune, son naïf enthousiasme pour les arts, lui donnaient un charme particulier. Elle était la seule personne de la maison qui pénétrât la cause du chagrin de Richard : mais sûre qu'elle était du cœur de son mélancolique cousin, elle se faisait un malin plaisir de le tourmenter, puis de le consoler tour à tour, suivant l'inspiration du moment. En vain, Richard avait cherché à approfondir ce cœur pour découvrir la trace d'un amour véritable ; la jeune fille, joyeuse et gaie comme une enfant, s'était toujours, en riant, soustraite à ses investigations. Quelquefois, Richard s'abandonnait au doux espoir d'être aimé de Cécile, et, devant cet espoir, sa mélancolie, ses projets d'émigration, tout disparaissait comme les brouillards disparaissent devant les rayons du soleil. Mais, l'instant d'après, il se représentait l'inflexibilité de son oncle opulent, mise en opposition avec sa pauvreté, avec la position dépendante qu'il occupait dans le monde, et alors un sentiment de profonde tristesse envahissait son cœur; il se prenait de nouveau à maudire le jour où il avait vu pour la première fois les côteaux dorés du fleuve allemand.

II

L'AMOUR DE RICHARD ET SA PREMIÈRE SURPRISE.

Telles étaient les pensées qui remplissaient l'âme du jeune homme au moment où nous l'avons surpris, jetant ses sarcasmes au noble fleuve et à ses admirateurs.

Au même moment, Cécile, sa cousine, venant de la maison, s'avançait vers lui d'un pas rapide, et lui disait en plaisantant :

— Vous m'avez si souvent offert vos services chevaleresques, mon cher Richard, que je prends la hardiesse de vous déranger de vos douces rêveries pour vous prier de me faire passer le Rhin : il faut absolument que je dise un mot à mon amie Caroline.

Cette amie, dont parlait Cécile, était la fille d'un conseiller provincial nommé Waechter; il demeurait dans la petite ville qui se trouvait de l'autre côté du Rhin, vis-à-vis de la propriété de Winterbach.

Une liaison intime unissait depuis quelque temps les deux jeunes filles, et il ne se passait guère de jour qu'elles ne se rendissent visite.

Richard, s'étant levé aux premiers mots de sa cousine, s'empressa de descendre avec elle de la terrasse. Au bord du fleuve était attachée une gondole élégante, qui, tout ornée de banderolles, se balançait sur les flots doucement agités. Richard, excellent rameur, était le nautonier habituel de ce frêle esquif, sur lequel les deux amies se risquaient sans crainte.

La jolie passagère s'étant placée dans la nacelle, le jeune homme se mit à ramer vigoureusement, et, avant que cinq minutes se fussent écoulées, il abordait l'autre rive.

Cécile s'élança légèrement à terre, et, remerciant d'un geste et d'un sourire gracieux son excellent cousin, elle disparut bientôt à ses yeux.

Bien qu'elle eût promis de revenir bien vite, Richard savait, par expérience, combien les entrevues des deux jeunes filles étaient longues;

c'est pourquoi, attachant sa barque au rivage, et gravissant une petite colline que couronnait un épais taillis, il s'assit sur la mousse d'un arbre.

De cette espèce d'observatoire panoramique, ses regards erraient sur toute la rive du fleuve qu'il venait de quitter. L'habitation de son oncle était devant lui. Un peu en arrière, à une portée d'arquebuse à peine, s'élevaient les ruines du vieux donjon féodal. Ses yeux s'arrêtèrent avec tristesse sur ces débris d'un autre âge; leur teinte, morne et sombre, au milieu de cette nature riante, répondaient si bien à son isolement et à sa douleur, à lui! Jamais, en effet, l'aspect de ces ruines n'avait fait sur Richard une impression aussi étrange et aussi profonde.

Au pied de la vieille tour, appuyé sur un bâton de voyage, un homme s'était arrêté; il contemplait avec recueillement le paysage immense qui se déroulait au-dessous de lui, et sur lequel les rayons éblouissants du soleil couchant jetaient un éclat inaccoutumé.

— Oh! s'écria Richard, que cet homme doit être heureux! Il est libre, lui! libre comme l'oiseau qui vole de branche en branche, et qui suit les nuages de pays en pays; il peut connaître toutes les merveilles de la terre : il n'est pas comme moi condamné à suivre une destinée dont l'uniformité éternelle dessèche le cœur, et dont l'accomplissement consciencieux n'est pas même récompensé d'un mot d'affection ou d'amour !

Ce monologue se fût prolongé bien longtemps encore sans doute, si Cécile, revenant de chez son amie, ne l'avait inopinément interrompu.

Cécile paraissait fort gaie. Elle pria Richard de la reconduire bien vite. Et lorsque celui-ci lui demanda le motif de tant de hâte, elle lui répondit, avec son sourire narquois, qu'il n'avait pas besoin de savoir ce qui se passait dans le cœur d'une jeune fille.

Lorsqu'ils furent au milieu du fleuve, Richard abandonna tout à coup les rames, et, promenant un œil rêveur sur la vallée du Rhin, que voilait déjà le crépuscule :

— Si nous laissions, dit-il, voguer la barque au gré du courant ; si, le long des roches escarpées et des hauts châteaux qui bordent le fleuve, nous voguions insouciants jusqu'à ce que l'Océan nous entoure de ses vagues, ou que des prairies magnifiques et éternellement vertes se déroulent sous nos yeux. Quelle vie nouvelle et délicieuse s'ouvrirait alors pour nous !

— Je ne vous accompagnerais tout au plus que

jusqu'à la sainte ville de Cologne, répliqua la jeune fille d'un ton léger ; là, je descendrais et vous pourriez seul continuer votre voyage. A Cologne s'arrête le romantique, du moins celui de la nature, ajouta-t-elle en souriant ; les peintres de Dusseldorf ne sont pas allés plus loin, et, vous le savez, j'aime fort leurs tableaux.

Ces paroles parurent blesser Richard. Il ne répondit pas un mot, et, reprenant les rames qu'il avait abandonnées un instant, il amena vigoureusement la nacelle au pied du petit escalier qui se trouvait au bas de la terrasse du jardin de Winterbach. Avant de mettre pied à terre, il rompit de nouveau le silence.

— Ne nous promènerons-nous pas quelques instants encore sur le Rhin ? dit-il à sa cousine d'une voix suppliante ; la soirée est si calme et si belle.

— Vous savez que mon père et ma mère peuvent revenir à tout moment de leur excursion à Lurley, répondit Cécile, et comme ils m'ont chargée de garder la maison pendant leur absence, ils seraient probablement fort surpris de me voir exercer cette mission en naviguant sur le Rhin.

Richard ne répliqua pas. Ils descendirent à terre, et traversèrent silencieusement le jardin qu'embaumaient les suaves exhalaisons des fleurs d'été. Arrivés devant la maison, dans les fenêtres de laquelle miroitaient les derniers rayons du soleil, Richard souhaita une bonne nuit à sa cousine, puis s'en alla errer à l'aventure dans les montagnes voisines.

A dix heures, le jeune homme était rentré chez lui, et, bien qu'il vînt, tout à son aise, de parcourir la campagne, il voulut une fois encore, avant de se livrer au repos, laisser errer sa pensée vagabonde et triste sur les vieux murs demantelés du burg, qui s'en allait se perdant dans les ombres de la nuit. Il n'avait qu'à ouvrir sa fenêtre pour jouir de ce spectacle, car sa chambre, bien que située dans une des ailes latérales du bâtiment, et donnant à la fois sur la façade et sur le jardin du château, laissait apercevoir d'un coup d'œil, et bien au delà des toits, l'ensemble des poétiques ruines. Un mouvement extraordinaire régnait en ce moment dans les chambres habitées par M. Winterbach. Des fenêtres ouvertes et mieux éclairées qu'elles ne l'étaient d'ordinaire, s'échappait le son de voix bruyantes et joyeuses. Croyant que son oncle avait amené avec lui quelque vieil ami ou connaissance, Richard se préparait à fermer ses fenêtres pour se dérober à cette gaieté, si peu en harmonie avec la situation présente de son esprit, lorsque tout à coup ces mots, dits d'une voix forte et sonore, et avec un accent quelque peu étranger, résonnèrent à son oreille :

« Ma chère, ma chère Cécile ! »

Surpris de ces paroles qui lui causèrent une sensation pénible, Richard écouta attentivement afin d'apprendre par la conversation quel était cet étranger qui causait si familièrement avec sa cousine. Nonobstant toute son attention, il ne parvint plus à saisir une phrase entière. Mais, au milieu des mille mots incohérents qui arrivèrent à son oreille, il entendit plusieurs fois prononcer son propre nom.

— C'est le frère de M. de Zoellner, venu d'Angleterre il y a huit jours, se dit-il enfin et de guerre lasse, en fermant sa fenêtre. Ses cinquante ans ne l'empêchent pas de faire encore la cour à toutes les jeunes filles qu'il rencontre. Cécile doit bien se moquer de lui, j'en suis sûr.

III

A LA SURPRISE SUCCÈDENT LA DOULEUR ET LA JALOUSIE.

Le lendemain, vers la fin de la journée, l'oncle Winterbach, sa femme, sa fille et Richard étaient assis sur la terrasse du jardin. La conversation roulait sur l'excursion faite par Winterbach et sa femme, la veille, à la roche de Lurley. Richard s'attendait à tout moment à ce qu'on lui parlât de l'hôte qui avait si tendrement traité Cécile le soir précédent; mais personne n'en dit un mot. Ce silence frappa le jeune homme, et son œil pénétrant et soupçonneux crut bientôt reconnaître que ses trois commensaux avaient quelque chose à cacher, et faisaient de grands efforts pour dissimuler la préoccupation de leur esprit. Cécile surtout avait de la peine à dissimuler son trouble. Elle travaillait à sa broderie avec précipitation et jetait de temps à autre un regard furtif sur le Rhin, comme si elle attendait quelqu'un. Son père était plus taciturne et plus sérieux encore qu'à l'ordinaire; sa mère montrait une loquacité inaccoutumée, en faisant et refaisant l'énumération des rôtis, des pâtés, des ragoûts, des tartes et des confitures servis et consommés la veille, au pied de la roche de Lurley.

Le bruit d'une barque s'avançant rapidement sur le Rhin fit enfin taire la bonne dame. Cette barque, partie de la petite ville qui se trouvait de l'autre côté du fleuve, se dirigeait vers la terrasse. Elle portait un jeune homme, à la taille serrée dans une redingote à brandebourgs, à la tête couverte d'un gracieux berret en velours d'où s'échappaient, en boucles abondantes, de longs et soyeux cheveux noirs; tout en lui respirait l'artiste. Ses traits avaient une expression fine et spirituelle à laquelle ne nuisaient pas, certes, un teint légèrement basané et une barbe noire comme du jais. Il tenait sous son bras un grand portefeuille; un étui de botaniste, suspendu à son côté, et un fort bâton de voyageur complétaient son costume.

Richard, complètement absorbé dans sa rêverie, n'avait guère fait attention à l'étranger. Celui-ci ayant abordé la rive, dit quelques mots à l'oreille du batelier, puis, s'élançant de la barque, monta rapidement sur la terrasse. M. Winterbach alla à sa rencontre, et lui demanda, d'un ton poli, s'il désirait prendre une vue des environs ou de quelque point de sa propriété.

L'étranger répondit à cette offre par quelques mots polis, mais insignifiants. Le son de sa voix frappa Richard. Il tressaillit jusqu'au plus profond de son âme, et porta sur le jeune homme un regard à la fois sombre et scrutateur. Cette voix, c'était celle de l'étranger de la veille; Richard ne pouvait s'y tromper. Ces paroles qu'il avait entendues, et qui avaient produit sur lui une impression si douloureuse : « Cécile, ma chère Cécile, » résonnaient encore dans ses oreilles.

Le jeune voyageur se présenta à la famille Winterbach en qualité de peintre, et déclara se nommer Rodolphe d'Ortenberg. Il présenta à M. Winterbach une lettre de recommandation à lui donnée par un ami commun. Il ajouta qu'il revenait d'un voyage en Italie, et que, ne connaissant pas encore les pittoresques bords du Rhin, il se proposait de les visiter en séjournant à sa fantaisie, tantôt dans un lieu, tantôt dans un autre, partout où la nature lui offrirait quelque beauté à étudier.

— La personne qui vous a remis cette lettre, répondit Winterbach, m'a déjà fait connaître votre projet. Pour ma part, je serais heureux de vous faire connaître tous les sites remarquables qui se trouvent dans nos environs. C'est une si douce satisfaction pour nous autres habitants du pays rhénan que de faire partager notre admiration aux visiteurs étrangers.

Cécile, qui elle-même dessinait et peignait fort bien, se mêla alors à la conversation. Elle dit à l'étranger qu'il n'y avait pas, à plusieurs lieues à la ronde, de vue qui fût plus digne de son attention que celle qu'offraient, à quelques pas de là, les ruines du vieux château.

— Tout délabré qu'il soit, dit-elle, ce château renferme encore des appartements qu'on peut habiter. L'année dernière, mon père en a fait meubler un pour moi, et, vers le printemps et dans l'été, j'y passe souvent des journées entières à dessiner. Du haut de la grande fenêtre gothique, la vue plane sur les profondeurs silencieuses des rochers, auxquelles des effets de lumière mille fois variés, ajouta-t-elle avec enthousiasme, donnent un aspect vraiment merveilleux...

— Comme je ne doute pas, dit Winterbach au jeune artiste, que vous ne préfériez un appartement petit et simple, mais offrant une vue et une situation pittoresques, au plus splendide salon, je vous offre la petite chambre qui se trouve dans la tour. Vous pourrez vous y installer à votre gré. Le vieux jardinier Dietrich, qui lui-même habite une maisonnette au pied de la tour, s'empressera, avec sa femme et ses enfants, de vous rendre mille petits services.

Rodolphe accepta cette offre avec mille remercîments, et Winterbach donna l'ordre à un domestique d'aller chercher les effets du jeune homme, restés dans un cabaret de la petite ville, et de les monter dans la chambre de la tour.

Pendant toute cette conversation, Richard était resté silencieux, observant l'étranger d'un œil méfiant.

« Ce n'est pas ainsi que parlent des personnes qui se voient pour la première fois, se dit-il à lui-même. On cache ici un mystère auquel on ne veut pas m'initier. Dieu veuille que mes appréhensions ne soient pas fondées! »

Au bout de quelques minutes, il parut certain

à Richard qu'une parfaite entente régnait entre Cécile et le jeune peintre qui, de temps à autre, échangeaient un coup d'œil furtif.

De son côté, Rodolphe avait remarqué l'humeur chagrine de Richard. S'adressant à lui, il avait essayé de nouer conversation ; mais, n'en obtenant que des réponses brèves, faites d'un ton sec et désagréable, il cessa de s'occuper de lui.

Après un long entretien, qui roula presque entièrement sur la peinture et la poésie, et auquel Richard ne prit aucune part, M. Winterbach conduisit son hôte à la tour qui lui était assignée pour demeure. Cécile et sa mère restèrent sur la terrasse, où Richard demeura aussi dans l'espoir que l'une ou l'autre lui dirait enfin quelque mot de cet étranger traité déjà si familièrement. Mais cet espoir ne se réalisa pas. Cécile, les yeux baissés sur sa broderie, travaillait avec un empressement et une hâte qui auraient pu faire croire qu'elle avait une tâche à remplir. Quant à Mme Winterbach, après quelques paroles sans portée à la louange du jeune voyageur, elle reprit la relation de son excursion à la roche de Lurley, et l'énumération des rôtis et des pâtés qu'on y avait consommés.

Une poignante douleur remplit le cœur de Richard. Ce défaut de confiance à son égard n'en était pas la seule cause; la comparaison qu'il faisait de son esprit avec celui de Rodolphe, l'accablait d'amertume; il lui semblait que le but de sa vie était manqué et définitivement perdu. Lui aussi, en effet, s'était senti animé dans sa jeunesse d'un puissant amour pour la science et pour l'art; mais sa destinée l'avait privé de bonne heure du moyen de suivre ses inspirations. Bien des fois cette idée fatale avait assailli son âme, pendant ses conversations avec Cécile, qu'une instruction soignée et un sentiment exquis de l'art lui rendaient si supérieure. Jamais il n'avait ressenti son infériorité d'une manière plus poignante qu'en voyant la jeune fille et le peintre confondre dans leurs épanchements les sentiments qui les animaient, et auxquels l'insuffisance de son instruction le rendait presque étranger.

Alléguant le prétexte de jeter un dernier coup d'œil sur les travaux des champs, il quitta la terrasse, et s'éloigna à grands pas.

« De quoi me plaindrais-je, s'écriait-il avec douleur. Ce peintre n'a qu'à paraître, et tous les cœurs volent au devant de lui. Comment pourrais-je soutenir la comparaison! Cécile n'eût-elle vu cet étranger que pour la première fois aujourd'hui, qu'elle devrait, certes, lui donner la préférence. Comment serait-il, en effet, possible qu'un agriculteur, qui, toute la journée, s'occupe de bétail et de champs, pût inspirer de l'amour à une jeune fille. Et j'ai eu l'impudence de croire que je pourrais toucher son cœur !

« Eh bien, d'ici à peu de jours, mon sort sera décidé, continua-t-il après une interruption. Si Cécile est perdue pour moi, aucune puissance au monde ne me retiendra plus en Europe. Si je suis condamné à vivre seul sur la terre, je me rendrai dans le nouveau monde, le pays de mes rêves ; là, je l'espère, m'attend une vie nouvelle. »

IV

RICHARD CONTINUE A PERDRE LE REPOS DU CŒUR.

L'intimité du peintre devenait de jour en jour plus étroite avec la famille Winterbach. Il n'avait fait d'abord, le matin et l'après-midi, qu'une courte apparition chez son hôte ; puis, bientôt, ses visites s'étaient prolongées de telle sorte, qu'il ne passait plus que la nuit dans son atelier aérien. Comme Winterbach et Richard étaient absents une grande partie du jour, et que Mme Winterbach s'occupait presqu'exclusivement du soin de son ménage, la politesse faisait à Cécile le devoir de tenir compagnie à l'hôte de la maison, devoir que, suivant l'avis de Richard, elle ne remplissait que trop consciencieusement. Le jeune peintre devait apprendre à Cécile à dessiner le paysage; mais il n'était pas difficile de s'apercevoir qu'ils ne s'occupaient guère de dessin pendant qu'ils étaient ensemble. Ils s'asseyaient des heures entières sur la montagne du château, ou sur la terrasse qui dominait le Rhin, ou bien ils se promenaient, leurs cahiers à la main, dans les vallées mystérieuses qui s'enfonçaient de l'autre côté des ruines. De retour de leurs excursions, ils montraient quelquefois ce qu'ils avaient dessiné ou peint : c'étaient des esquisses de quelque muraille en ruine ou le tronc d'un arbre desséché. On eût dit qu'en dehors de ces aspects désolés, la vallée du Rhin ne présentait pas un seul point de vue pittoresque digne d'attirer leur attention.

Un autre fait avait frappé l'esprit de Richard. Depuis l'arrivée de Rodolphe, il semblait que les occupations qui l'appelaient hors de la maison de son oncle s'accroissaient de jour en jour. Il crut remarquer que son oncle lui-même affectait de l'éloigner. Winterbach, en effet, l'envoyait de côté et d'autre comme pour lui ôter toute occasion de se trouver avec Cécile et de lui parler. Quant au jeune peintre, il se retirait régulièrement vers la chute du jour, à l'heure où la veillée réunissait toute la famille, et comme s'il eût voulu éviter la présence de Richard. Celui-ci crut aussi s'apercevoir que Rodolphe le traitait avec une froideur et un dédain toujours croissants.

Une quinzaine de jours après l'arrivée de Rodolphe, on se trouvait, un après-dîner, réuni sur la terrasse. Le conseiller provincial Waechter et sa fille, qui étaient venus faire visite à la famille Winterbach, semblaient prendre grand plaisir à entendre la conversation vive et spirituelle du peintre. L'entretien, d'abord général, dégénéra bientôt en causeries particulières. Le conseiller Waechter et Winterbach paraissaient surtout causer entre eux d'affaires intimes. Bien que leurs siéges fussent un peu retirés de la grande table de pierre qui tenait le milieu de la terrasse, et qu'ils parlassent à voix basse, Richard entendit distinctement ces mots, prononcés par son oncle :

— Ne vous semble-t-il pas aussi, M. le conseiller, que Cécile et Rodolphe ont du penchant l'un pour l'autre : il est riche, de bonne famille, instruit et indépendant ; certes, un semblable parti pour ma fille m'agréerait parfaitement.

Frappé au cœur par ses paroles, Richard allait se lever sous un prétexte quelconque et quitter la société, lorsque Caroline Waechter ayant tourné ses regards vers le fleuve, s'écria tout à coup :

— Regardez donc, mon père, voilà encore un bateau tout chargé d'émigrants !

Chacun tourna les yeux vers le haut du fleuve, et contempla le bateau qui descendait le courant ; il était surchargé d'hommes et de bagages.

— Quel est le sort qui attend ces pauvres gens à l'étranger ? dit Cécile d'un air triste. Trouveront-ils là-bas la fortune qu'ils rêvent ?

— Eh ! les monceaux d'or ne font pas le bonheur, s'écria Richard d'un ton amer. Ce qu'ils ont sans doute cherché en vain, — des cœurs aimants, — ils le trouveront peut-être là-bas.

— Bien des gens ont pensé ainsi, et se sont trompés, répliqua tranquillement d'Ortenberg. Ce n'est pas pour chercher des divertissements que l'on doit se rendre dans le nouveau monde.

— Les hommes sans connaissances pratiques et les fainéants ne prospèrent pas là-bas, c'est vrai, repartit Richard avec colère, mais un homme propre aux affaires et de bonne volonté doit y faire fortune.

Le peintre laissa échapper un geste de colère,

promptement réprimé, puis il reprit avec tranquillité :

— Il paraît, M. Stromfeld, que vous n'avez jamais été loin de la patrie, dit-il; autrement, vous ne parleriez pas ainsi. Pour moi, j'ai connu d'excellentes gens qui, ayant quitté leur pays pour quelque rancune, furent saisis tout à coup de si poignants regrets pour le foyer natal, qu'aucun avantage ne leur eût semblé préférable à la perspective de s'y rasseoir un jour... Oh! c'est une souffrance invincible, allez, monsieur, ajouta-t-il après une pause, que de voir, debout sur le pont d'un vaisseau, fuir au loin et s'effacer graduellement les vallées d'abord, puis les collines, puis les hautes montagnes de la terre natale... Oh! que l'on voudrait alors pouvoir retenir des yeux la côte bleuâtre qui se fond dans les nuées : on regarde, on regarde toujours, et bientôt les larmes voilent la vue...

Cécile, attendrie, regarda le peintre; il était, en effet, en proie à une émotion profonde, et ses yeux étaient humides.

« En pareil cas, pensa Richard, une femme seule peut pleurer. »

Le peintre ayant repris plus d'empire sur lui-même, continua, en voyant le navire glisser mollement sur le fleuve :

— Peut-être ces pauvres gens sont-ils forcés de quitter leur pays ; qui sait si la fortune ne leur sera pas plus favorable au delà des mers ! Mais combien d'hommes sans cause raisonnable, pour un caprice, pour un désappointement, pour un retard de quelques jours dans leurs projets de bonheur, de fortune même, s'expatrient pour toujours : c'est là, il faut en convenir, un déplorable aveuglement !

— Les appréciations du bonheur ou du malheur de l'homme sont aussi différentes et aussi nombreuses que les individus, monsieur, répliqua aigrement Richard, s'imaginant que Rodolphe avait voulu faire une allusion à ses propres pensées, que cependant il devait croire secrètes.

— Monsieur Stromfeld, dit Rodolphe d'un ton sec et tranchant, je pense que vous apprécieriez mieux ce qu'est la douleur de l'exil, si vous aviez à faire des adieux à des personnes aimées.

Puis, sans paraître remarquer les regards courroucés que lui lançait Richard, et le sourire d'approbation que lui adressa Cécile, il salua la compagnie et sortit.

Richard se mordit les lèvres, et apaisa sa rage en se promettant fermement à lui-même de ne pas tolérer au peintre, une seconde fois, des manières et une forme de langage qui ressemblaient fort à la leçon faite à un écolier.

Cécile s'efforça, avec son enjouement habituel, de rétablir la sérénité sur tous les fronts; elle n'y réussit qu'après d'assez longs efforts, car tout le monde, à l'exception du vieux conseiller qui, à propos du passage des émigrants, préconisait l'excellence du système pénitentiaire pensylvanien à M. Winterbach, qui ne l'écoutait pas; tout le monde, disons-nous, avait suivi avec anxiété l'altercation des deux jeunes gens. Quand le conseiller eut tout à son aise, et sans contradicteurs, énuméré les inconvénients et les avantages du système cellulaire appliqué à tous les crimes et délits que punit la société, il aspira fortement une prise de son excellent tabac, et déclara qu'il était temps de se retirer, ayant, dit-il magistralement, des affaires urgentes et gouvernementales à étudier.

Quoi qu'il en eût, Richard ne put se soustraire au devoir de faire passer, sur sa nacelle, le fleuve aux hôtes de son oncle.

Le conseiller et sa fille déposés sur la rive,

Richard, pour apaiser les tempêtes de son cœur, se mit à ramer vigoureusement contre le courant du fleuve. Il fatigua longtemps ses bras robustes avant de retrouver le calme; peu à peu, cependant, le silence qui régnait autour de lui, les doux rayons de la lune qui argentaient les flots, exercèrent sur lui leur romanesque influence; il s'abîma dans une profonde rêverie, que la cloche de minuit parvint seule à dissiper.

Il avait amarré son esquif, et se disposait à rentrer dans son appartement, lorsqu'un bruit, parti des hautes broussailles qui confinaient au jardin, attira son attention. A peine la cîme des arbres était-elle agitée par le souffle frais de la nuit; la haie du jardin était haute, le gibier ne pouvait pénétrer; tout le monde, au château, se livrait au repos. Richard, cependant, était sûr de son ouïe : il pensa à quelque maraudeur attiré par la beauté des fruits du verger; il fit quelques pas et écouta dans tous les sens; sa recherche fut vaine; il n'entendit plus d'autre bruit que le lointain clapotage des flots du Rhin se repliant les uns sur les autres; sa vue non plus ne put rien découvrir, sinon les grandes ombres fantastiques que dessinaient les bâtiments et les arbres éclairés par la lune.

V

CE QUE L'ON VOYAIT LA NUIT DANS LE JARDIN.

Richard rentra chez lui. Au moment de fermer sa fenêtre, un nouveau bruit frappa son oreille; ce bruit, il le reconnut bien vite; c'était celui des deux rames d'un bateau sillonnant le fleuve. Tout à coup, — illusion ou réalité, — un spectacle étrange se déroula à ses yeux étonnés. Il lui sembla voir, dans une gondole, deux formes humaines qui se tenaient embrassées, un homme et une femme. Bientôt il reconnaît Cécile, puis le peintre, à sa longue et ondoyante chevelure, à son berret, à son costume bizarre. Un troisième personnage, un homme, ramait à la poupe de la gondole; Richard y fit à peine attention; ses yeux ardents étaient comme cloués sur l'homme et la femme qui se tenaient embrassés. Quelques minutes, qui étaient pour lui des siècles, passèrent; puis le frêle esquif, glissant sur les flots, disparut derrière une montagne saillante qui cachait le fleuve.

Richard était anéanti, il ne pouvait plus même douter; c'était bien Cécile et Rodolphe. Cécile qui, la nuit, se promenait sur le Rhin, en compagnie d'un étranger... Oh! c'est alors que le jeune homme sentit combien son amour était sincère, profond, idéal. Le désespoir s'empara de lui; il lui sembla que son cœur se déchirait dans des douleurs inexprimables.

Le lendemain, Richard allait monter à cheval pour se rendre dans un petit village, lorsqu'il aperçut de loin Cécile seule dans le jardin. Il s'enfonça dans une allée ombreuse pour s'approcher d'elle sans en être vu. Il réussit à souhait; il put la contempler tout à son aise; bientôt une émotion profonde, indicible, s'empara de lui. La jeune fille, sans défiance, travaillait à un petit tableau dressé sur un chevalet placé devant elle. Parfois elle s'arrêtait, souriait à son ouvrage; puis, paraissant faire des efforts de mémoire, elle se remettait à peindre avec ardeur. La candeur siégeait sur son front, et l'innocence dans ses yeux;

jamais Richard ne lui avait trouvé le visage plus reposé et plus doux.

« Oh, c'est impossible! se dit-il, pensant à la scène de la nuit. Il faut que je lui parle, il faut que j'entende le son de sa voix. » Alors, faisant un long détour, et agitant le feuillage tout exprès pour être entendu, Richard s'approcha de Cécile.

— Ah! vous venez à temps, dit-elle, en retournant brusquement sa toile, afin que le jeune homme n'en pût voir le sujet; ouvrez-moi, s'il vous plaît, de vos vigoureuses mains, cette petite boîte à couleurs, dont j'ai perdu la clef.

Il prit vivement la cassette qu'elle lui tendait par un mouvement gracieux, et tenta de l'ouvrir. Mais, tout occupé des pensées qui l'agitaient, il n'en put venir à bout.

— Allons, mon cousin, dit-elle, d'un ton moitié riant, moitié grondeur, voici que vous me regardez encore d'un air sombre et comme si vous vouliez me percer de vos regards. Avez-vous donc vu cette nuit quelque affreux spectre?

« Ce ne peut être elle, se dit-il en lui-même; oserait-elle parler de cette nuit horrible? »

— Oh! reprit-il tout haut, en jetant sur elle un regard perçant, tout chargé encore de défiance,— il est bien vrai que j'ai vu cette nuit,—spectres ou personnes, — des promeneurs passer en gondole sur le Rhin, vers minuit.

A la grande joie de Richard, le visage de Cécile ne trahit aucune émotion.

—Mais, cousin, dit-elle, cela n'est pas possible, à moins que vos promeneurs n'aient trouvé un batelier surnaturel, car le vieux Merten, vous le savez bien, n'oserait jamais se risquer la nuit, et surtout à cette heure, sur le fleuve.

En ce moment, le couvercle de la cassette, vigoureusement pressé, céda. Cécile l'arracha aussitôt avec vivacité des mains de Richard ; puis, confuse, la joue colorée d'un rouge foncé, elle baissa les yeux. Bien que le mouvement de la jeune fille eût été si rapide que Richard avait à peine pu jeter un coup d'œil furtif dans la cassette, il avait toutefois eu le temps de distinguer une peinture toute fraîche, représentant un jeune homme ; la figure, il n'avait pas eu le temps de la reconnaître, mais une voix intérieure lui cria douloureusement : c'est le portrait de Rodolphe ! L'embarras évident de Cécile confirmait, hélas ! cette assertion. Richard regarda un moment la jeune fille en silence ; il fit quelques pas pour s'éloigner d'elle, puis revint, s'éloigna de nouveau avec effort, et enfin se rapprocha :

— Oh ! Cécile, dit-il brusquement en saisissant convulsivement les mains de la jeune fille interdite, que vous ai-je fait pour que vous détourniez ainsi vos yeux de moi ? Vous avez plus de confiance en cet étranger qu'en votre cousin, si dévoué, si respectueux. Oh ! délivrez-moi de cette cruelle incertitude, dites-moi ce que j'ai fait pour m'attirer vos dédains ?...

Cécile regarda Richard de ses yeux clairs et limpides qui mettaient hors de lui le malheureux jeune homme.

—Il est pourtant vrai, dit-elle avec dépit, qu'il est impossible d'être un moment en repos avec vous. A peine a-t-on oublié vos fantasques boutades, qu'une nouvelle légion de lubies plus bizarres les unes que les autres, s'empare de votre cervelle : vous êtes fou !

Richard, exaspéré, se précipita hors du jardin, et courut vers son cheval, que tenait par la bride, en l'attendant, le vieux François, celui de tous les domestiques de la maison qu'il affectionnait le plus et qui, en effet, lui était le plus dévoué.

Le vieux François, depuis longtemps, avait deviné les chagrins de son jeune maître ; il en soupçonnait la cause, aussi avait-il pris en une sorte d'horreur le beau peintre qui était, au contraire, la folie des autres domestiques. En voyant venir à lui le jeune homme si agité, il murmura entre ses dents :

— Pauvre et cher monsieur, il ne sera pas trompé plus longtemps, je lui dirai tout, oui, tout.

Sous prétexte que la selle avait été mal attachée par le palfrenier, François s'agita autour du cheval comme pour réparer cette négligence :

— Si c'était pour ce barbouilleur de la tour en ruines, dit-il entre ses dents, je ne me donnerais pas tant de mal ; j'aimerais autant, pour le bien que je lui veux, que la selle du cheval fût à deux pouces en arrière de la queue.

Richard connaissait l'humeur du bonhomme ; malgré son émotion, il vit que le domestique voulait lui parler.

— Eh bien, François, lui dit-il avec douceur, quelle mine du diable fais-tu donc aujourd'hui ; qu'est-il arrivé ?

Le vieillard réfléchit un moment comme s'il cherchait la forme la plus douce et la plus prudente à donner à sa confidence, afin de ne point porter un coup terrible à son maître préféré. Ayant enfin, il paraît, trouvé son exorde, il aborda ainsi son sujet :

— M. Stromfeld, dit-il, je crois qu'il serait nécessaire, la nuit, de laisser courir en liberté Hector et Azor, car nos beaux fruits mûrs pourraient nous attirer de la visite étrangère...

— Aurais-tu entendu quelque bruit cette nuit, demanda Richard, tressaillant au seul souvenir de sa découverte de la veille; crains-tu les voleurs?...

—Oh! ce n'étaient pas des voleurs, fit le vieillard en hochant sa tête d'un air d'intelligence discrète, heureux d'une question aussi positive; non, ce n'étaient pas des voleurs, reprit-il plus bas.

— Qu'as-tu vu? dit brusquement le jeune homme, qui s'impatientait de ces lenteurs prudentes, et avait hâte d'arriver au bout des confidences du bonhomme.

Le vieillard se rapprocha de Richard, et après s'être assuré par un rapide coup d'œil qu'il ne pouvait être entendu que de lui, il lui dit à l'oreille :

— Cette nuit, j'ai vu deux individus se glisser d'abord dans le verger, puis dans le jardin, puis...

— As-tu vu leurs visages? interrompit brusquement le jeune homme.

— Laissez-moi vous parler à ma manière,

monsieur Stromfeld, vous voyez bien que je veux vous dire ce que je crois vous être utile ; vous ferez ensuite ce que vous voudrez de ma révélation.

— Tu me fais mourir avec tes lenteurs...

— Eh bien donc, je parle sans plus m'arrêter. Il y a quelque temps déjà que, traversant la cour au milieu de la nuit, j'entendis un bruit de voix venant du jardin ; j'allai de ce côté en assourdissant mes pas. Tout à coup, deux personnes assises sur le banc de la terrasse se levèrent, et marchèrent avec précipitation dans la direction du parc ; je doublai le pas, mais les deux personnes allaient plus vite que moi. Bientôt elles disparurent complètement dans les hautes broussailles. Quelque recherches que je fisse, je n'en retrouvai point leurs traces... le lendemain, je me mis avec précaution en embuscade et tendis l'oreille; les mêmes personnages revinrent s'asseoir sur la terrasse, puis, comme la veille, disparurent à mon approche. Mais, cette fois, je pus reconnaître que les personnes nocturnes étaient un monsieur et une dame. Une autre nuit encore, j'arrivai à une autre découverte : le monsieur et la dame prirent la direction de la vieille tour ruinée.

— Ne les as-tu donc point enfin reconnus, dit

Richard, haletant sous le poids de son émotion.

— Pas cette nuit-là encore, monsieur Stromfeld, mais hier seulement, au clair de la lune; car ils passèrent si près de moi que je vis, comme je vous vois, le visage de la dame : c'était mademoiselle Cécile.

— Mais l'homme? reprit Richard d'une voix étranglée par la rage.

— Oh! lui, c'est différent, je ne pus reconnaître ses traits, car il portait un masque.

— Un masque! Tu as rêvé; qui porte des masques en ce temps-ci pour courir la nuit?

— Vous pourrez rêver comme moi, s'il vous plaît la nuit prochaine, de dix heures à minuit, visiter le jardin; car les deux promeneurs mystérieux reviendront à coup sûr prouver que votre vieux serviteur n'a pas rêvé, tout éveillé sur ses jambes.

— Allons, ne te fâches pas, mon bon François, et dis-moi bien vite tout le reste.

— Oh! ce ne sera pas long maintenant, car il ne s'agit plus de ce que j'ai vu et entendu, mais de ce que m'a dit Dietrich.

— Est-il aussi mêlé dans cette affaire? exclama Richard, craignant d'apprendre qu'une personne connût ce fatal secret.

— Non, reprit doucement le vieillard, je me suis gardé de lui faire part de mes découvertes. Seulement, je l'ai fait jaser sur la vie que mène le peintre.

— Eh bien?

— Monsieur Rodolphe d'Ortenberg brûle de la chandelle la nuit, et il reçoit la visite régulière de deux personnages mystérieux, un monsieur et une dame, que jamais Dietrich n'a pu reconnaître, tant ils prennent de précaution pour cacher chaque nuit leur arrivée et leur départ, aidés en cela par ce damné peintre.

— Quel peut être ce troisième personnage? dit Richard, comme se parlant à lui-même.

— Je ne puis le deviner, reprit le vieillard.

VI

CE QUE L'ON VOYAIT LA NUIT DANS LA VIEILLE TOUR.

Richard avait besoin d'être seul pour mettre en ordre et d'accord tous les renseignements qu'il venait de recevoir. Remerciant donc le vieux François de ses bonnes confidences, il se plaça lestement en selle et piqua son cheval, se promettant, dans son agitation fiévreuse, de percer tous ces mystères. Ce qui résultait de plus clair de tout ceci, c'est que le peintre et Cécile n'étaient pas seuls dans cette intrigue; une troisième personne y prenait évidemment part. Le jeune homme, en évoquant ses souvenirs de la nuit dernière, se rappelait qu'en effet la barque portait trois personnes, deux qui se tenaient embrassés, une autre qui ramait. Cet homme, ne serait-ce pas cet ami si dévoué, dont parlait souvent Rodolphe d'Ortenberg, et qui lui avait rendu de si grands services en maintes occasions de sa vie? Le nom de cet homme, Richard ne l'avait jamais entendu prononcer, il savait seulement qu'il habitait la ville voisine, il avait cru comprendre, mais peut-être se trompait-il, que l'ami du peintre était aussi un artiste.

« Serait-ce par hasard cet inconnu qui aurait des rendez-vous nocturnes et secrets avec Cécile, et le peintre Rodolphe ne serait-il dans tout ceci qu'un ignoble médiateur? se demandait Richard. Mais alors comment expliquer cet enlacement de bras sur le bateau du Rhin? Quelle nécessité alors de la présence de cet importun étranger entre les deux amants? » Le jeune homme se perdait dans ses pénibles conjectures, qui toutes arrivèrent à cette poignante réalité : Cécile en aime un autre, quel qu'il soit.

Richard, tout le jour, au milieu de ses travaux et de ses visites sur les différentes parties de la propriété de son oncle, qu'il avait incessamment à surveiller, roula dans sa tête ces pensées contradictoires, attendant impatiemment d'être libre pour éclairer par de nouvelles informations, s'il était possible, ce dédale horrible.

Le soir, à peine dix heures avaient sonné au clocher de la petite ville voisine, tout le château étant plongé dans le silence et le repos, le jeune homme sortit avec précaution de son appartement, et gagna, à pas aussi pressés que les battements de son cœur, les sentiers du parc conduisant aux environs du vieux burg. Il voulait épier ce qui se passerait cette nuit-là dans la demeure pittoresque du peintre.

La disposition des lieux favorisait on ne peut mieux les projets de Richard. D'un pan de mur crevassé, et situé sur une hauteur assez rapprochée de la tour habitée par le peintre, il pouvait tout voir, sinon tout entendre.

Avec cette vigueur et cette agilité merveilleuse, habituelles aux gens des pays accidentés que borde le Rhin, qualités doublées en ce moment par une fiévreuse curiosité, le jeune homme eut bientôt exécuté sa périlleuse ascension, tantôt à l'aide de plantes grimpantes, tantôt à l'aide de pierres ressortant des murailles de l'édifice en ruines. S'étant placé, au plus près de la tour, dans une anfractuosité formée par les restes d'une fenêtre ou embrâsure rompue par la guerre et broyée par la dent des siècles, Richard projeta avidement un long regard devant lui. La chambre du peintre était plongée dans la plus complète obscurité ; ses visiteurs sans doute n'étaient point arrivés, et lui-même devait être absent.

Richard avait du temps devant lui ; il se prit à considérer le spectacle qui se déroulait sous ses yeux. Il dominait le cours du Rhin, qui coulait à quelques pas, à grand bruit, dans une vallée profonde ; sur la rive opposée s'allongeait la gracieuse petite ville, où s'éteignaient successivement toutes les lumières et tous les bruits ; aux bornes de l'horizon s'élevaient çà et là comme de gigantesques et graves sentinelles gardant toute la contrée, les vastes pans de murs en ruines des vieux burgs. Quelques ruines affectaient des formes gracieuses, bizarres, fantastiques ou effrayantes, selon les effets de la lumière ; car, ce soir-là, le ciel était accidenté de nuages noirs et sombres, à chaque instant traversés par les purs et limpides rayons de la lune, alors dans son plein. Des senteurs automnales s'élevaient de la terre, doucement répandues dans l'atmosphère par la légère brise des nuits. Richard, comme malgré lui, sentit s'éteindre graduellement l'agitation de ses sens ; des pensées plus douces s'emparèrent peu à peu de son esprit. Une heure se passa ainsi.

Chimères, hallucinations que tout cela ! se dit-il

enfin. Ce vieux François se sera monté la tête avec quelque conte débité par ce sot Dietrich, et moi j'aurai donné, aveuglé par la jalousie, la figure de Cécile et du peintre à quelque pêcheur de nuit attardé avec sa femme sur le Rhin...

VII

LA RUINE DES DERNIÈRES ESPÉRANCES DE RICHARD.

Mais en ce moment, une masse noire se dessina sur la nappe argentée du fleuve; bientôt cette masse noire devint une barque; dans la barque, se détachèrent trois formes humaines. Richard les reconnut aussitôt : Cécile, le peintre et le rameur inconnu lui apparaissaient plus distincts peut-être encore que la veille.

La petite barque aborda; les trois personnes qui la montaient en descendirent, se dirigeant lentement vers la vieille tour habitée par le peintre Rodolphe. Les sinuosités du sentier dérobaient parfois le petit groupe à l'œil ardent de Richard; alors il concevait l'espoir insensé de ne plus le voir reparaître. Il eût été si heureux de se retrouver visionnaire! Cette anxiété dura une demi-heure environ.

Il était si près de la vieille tour habitée par Rodolphe, qu'il entendit monter l'escalier et gémir la porte. Bientôt une lumière éclaira la chambre. Une personne apparut tout d'abord à Richard, sa cousine Cécile! Le pauvre jeune homme eut un instant d'éblouissement, et ferma les yeux, étreignant le mur pour ne pas tomber à la renverse...

Quand il se détermina à regarder de nouveau dans la chambre, un homme s'y promenait à grands pas, les bras croisés sur la poitrine; de temps à autre, il s'approchait de la fenêtre et regardait mélancoliquement le ciel : c'était le peintre. Au fond de l'appartement, Cécile, les mains dans les mains d'un jeune homme dont Richard ne pouvait voir le visage, causait dans le plus mol abandon. Tout à coup le jeune homme inconnu se leva, se plaça devant un chevalet, prit la palette et les pinceaux; le peintre plaça les lumières, puis s'alla mettre à côté de Cécile, qui avait pris l'attitude d'une personne qui va poser. La lumière donnait en plein sur les trois personnages. Richard une fois encore s'assura d'un rapide coup d'œil que les modèles étaient bien Rodolphe et sa cousine; quant au peintre improvisé, vainement il essaya de se rappeler où il avait vu ce doux et frais visage, encadré de longues et soyeuses boucles blondes. Était-ce donc l'ami dont d'Ortenberg parlait si souvent comme d'un homme brave et éprouvé? Impossible. Le jeune homme que Richard avait devant les yeux avait à peine vingt ans. Pendant que notre observateur faisait ces réflexions, celui qui en était l'objet principal, travaillait à son œuvre avec une ardeur qui arrachait à Rodolphe une foule d'exclamations que Richard ne pouvait entendre, mais qu'il supposait approbatives, aux gestes qui les accompagnaient et au sourire charmant de remercîment que lui adressait le jeune homme.

Au bout d'un certain temps, Cécile, se trouvant sans doute fatiguée, alla s'asseoir dans un grand fauteuil. L'inconnu jeta négligemment ses pinceaux dans un coin et s'approcha vivement d'elle, lui prit la tête dans ses deux mains et lui donna un baiser sur le front.

C'en était trop pour le pauvre Richard. Il voulut crier aux infâmes quelque horrible parole, mais la voix lui manqua. Éperdu, hors de lui, il se jeta, au risque de se rompre mille fois le cou, en bas de son pan de mur, et se mit à fuir comme un insensé.

Il était plus de minuit lorsque Richard rentra chez lui. Il avait pleuré, il avait crié, il avait maudit à travers vallons et collines ; il s'était, pensait-il, un peu soulagé ; il croyait avoir pris un parti énergique et définitif, celui d'arracher désormais de son cœur ce fatal amour pour une femme qui en était si peu digne. N'avait-il pas eu toutes les preuves possibles de sa trahison !

Demain il quitterait pour toujours ce pays maudit ; tout le monde comprendrait bien, et surtout Cécile, à la froideur de ses adieux, qu'il n'était plus la dupe de personne ;... il n'emporterait pas un seul regret pour celle qui avait ainsi méconnu son cœur... et le pauvre jeune homme, en proférant ces menaces, mouillait son oreiller de ses larmes.

Il finit par s'endormir toutefois ; à vingt-cinq ans le sommeil est si puissant !

Le lendemain de cette nuit agitée, Richard se leva plus calme, mais non moins résolu, croyait-il, à exécuter son dessein d'abandonner la famille Winterbach pour toujours. Ayant aperçu son oncle se promener seul sur la terrasse, il se dirigea vers lui.

Le visage de Winterbach, contre son habitude, était souriant et ouvert; il tenait une lettre à la main. Soit qu'en effet il ne vit pas l'air soucieux du jeune homme, soit qu'il ne voulût pas s'en apercevoir, il lui adressa la parole d'un ton cordial et familier :

—Eh bien, Richard, es-tu content des ouvriers? comment vont nos récoltes, seront-elles aussi belles que l'année passée? Voyons, éveille-toi, tu parais encore dormir. Je sais bien que tu te fatigues beaucoup; tu es le seul qui travailles ici; mais tu es le plus jeune, et, après tout, j'ai bien gagné le repos.

Jamais M. Winterbach n'avait été aussi expansif envers son neveu. Le jeune homme eut comme un remords; ses résolutions chancelèrent un instant. Il se remit bien vite, et rendit froidement compte à son oncle de l'état des travaux des champs. Il avait constamment baissé les yeux en parlant, et lorsqu'il les releva, il lui sembla que le visage de son oncle portait l'empreinte de la satisfaction et de la gaieté. Allons, pensa Richard amèrement, il est content de son employé...

— Mon garçon, dit Winterbach, tu me parais

soucieux ; depuis quelque temps, tu n'es plus le même, tu sembles mécontent ; désires-tu quelque chose, as-tu quelque chagrin secret ? dis-le moi, que diable ! je ne suis pas ton oncle pour rien : as-tu besoin d'argent ?

Aux premières avances de son oncle, Richard se sentit ému ; il allait ouvrir son cœur. Mais à cette proposition d'argent, son humeur chagrine reprit le dessus, son orgueil se révolta, et il reprit avec aigreur :

— Eh ! de quoi pourrais-je me plaindre, et qu'ai-je à désirer ? Ne suis-je pas chez vous, mon oncle, au sein de l'abondance. M. d'Ortenberg, ce peintre de tant d'esprit, hier encore ne s'extasiait-il pas sur le bonheur des jeunes gens qui vivent dans leur famille, sans souci d'où vient le vent, qui montent aujourd'hui un cheval fougueux et courent à travers champs, qui demain rament sur le grand fleuve dans une nacelle fraîchement peinte, et portant les hôtes de la maison. Oh ! je suis bien heureux, et il ne me manque rien ; d'ailleurs des monceaux d'or ne font pas le bonheur...

— C'est bien, Richard, reprit Winterbach, sans paraître avoir compris le ton ironique de son neveu. Je craignais que tu ne fusses pas content de ton sort; et, quelque plaisir que j'eusse à te conserver près de moi, j'ai souvent pensé que tu pourrais rêver, comme tous les gens de ton âge, à quelque plan d'avenir; c'est avec grand plaisir, je te jure, que je t'en faciliterais l'exécution.

Un moment auparavant, Richard eût accueilli avec joie ces paroles qui semblaient indiquer chez son oncle, en même temps qu'un secret désir de le voir s'éloigner de la maison, une offre de concours tout paternel. Peu accoutumé à autant d'abandon chez un homme d'un caractère sévère et même un peu formaliste comme celui de M. Winterbach, le jeune homme se sentit tout à coup attendri et porté à la confiance. Ne pouvant maîtriser ses sentiments, il saisit brusquement la main du vieillard, et lui dit d'une voix presque éteinte, et par phrases entrecoupées :

— Mon bon oncle, quel dessein avez-vous à l'égard de Cécile?... Ce peintre, que vient-il faire ici?... Depuis l'arrivée de cet étranger, Cécile n'a plus un mot, plus un regard pour moi...

Winterbach regarda fixement son neveu; il parut suivre avec une curiosité qui n'avait rien de sévère les sensations qui se peignaient tour à tour sur cette figure mobile. Une ou deux fois, le pauvre jeune homme crut que Winterbach allait parler pour l'encourager d'abord, pour le gronder ensuite. Enfin la figure de son oncle s'anima d'un sourire indifférent, mais qui parut forcé et contraint à Richard.

— Cécile, il est vrai, dit-il, paraît avoir changé de conduite à ton égard ; je m'imaginais qu'elle avait du goût pour toi, mais je m'étais trompé sans doute, ce n'était qu'une affection de parenté. Je ne te cacherai pas que je l'eusse volontiers vue te choisir, et c'est avec plaisir qu'un jour j'aurais changé ton nom de neveu en celui de fils... Mais, que veux-tu, les femmes sont frivoles et bizarres ; elles préfèrent souvent à un homme économe, laborieux et plein de dévouement respectueux pour elles, quelque nature fantasque et romanesque. Quoi qu'il en soit du choix de Cécile, tu me connais, mon garçon, je ne saurai jamais violenter ses sentiments, et si tant est qu'elle aime cet original, je ne le lui refuserai pas ; je ne puis rien pour toi en ceci.

S'interrompant tout à coup, le vieillard rouvrit la lettre qu'il tenait à la main, la parcourut un instant en silence, et s'adressant à son neveu de son ton froid et habituel :

— Richard, dit-il, il faudra te rendre cette après-midi chez M. Zoellner pour lui dire de se trouver ici demain vers une heure, j'ai à lui parler d'affaires importantes.

Ces mots dits, Winterbach tendit la main à son neveu comme pour en prendre congé et regagner à pas lents la maison.

VIII

LES ÉCRITS ONT L'INCONVÉNIENT D'ÊTRE DES PIÈCES DE CONVICTION.

« Si Cécile l'aime, je ne pourrai le lui refuser, et je ne puis rien pour toi en ceci, » répétait Richard avec rage. Cela veut clairement dire : — Mon garçon, prends ton parti, et ne fais pas trop mauvaise figure, car tu serais ridicule à la noce ! Oh! celui-là non plus ne m'a jamais véritablement aimé. Pourquoi m'avez-vous entraîné ici, mon oncle? Pourquoi m'avez-vous empêché de partir quand je voulais aller tenter la fortune dans le nouveau monde? Pourquoi m'avez-vous laissé entrevoir un avenir de tendresse réciproque à à votre foyer? Pourquoi surtout, là, tout à l'heure, avez-vous fait briller à mes yeux la possibilité, que je n'avais jamais même rêvée, d'une union avec Cécile, quand elle ne m'aime pas, quand son cœur est tout à un autre? Vos intentions étaient bienveillantes pour moi peut-être, mais ma destinée est fatale : je suis né malheureux, s'écria-t-il, dans le paroxisme de sa douleur... Allons, reprit-il un peu plus calme, que l'on ne m'accuse pas encore d'ingratitude, accomplissons jusqu'au bout nos devoirs, occupons-nous des intérêts qui me sont confiés, et qu'au moins mon oncle un jour me regrette.

Il se rendit à l'écurie pour faire seller un cheval, afin d'accomplir l'ordre que lui avait donné M. Winterbach, d'aller prévenir M. Zoellner, lorsqu'en approchant de la porte du jardin, ses regards furent attirés par un fragment de papier qui avait dû appartenir à une lettre, et que soulevait le vent. Il ramassa le papier et jeta les yeux avec distraction sur l'écriture. Il lut avec surprise son nom. Malgré l'absence de quelques mots, probablement enlevés par de nombreuses déchirures, il put toutefois facilement rétablir le texte entier de ce billet, ainsi conçu :

« Sans doute Richard, cet amoureux enragé, « sera absent toute l'après-dînée; nous pourrons

« donc nous voir chez moi sans craindre l'espion-
« nage de ce fantasque garçon. Les heures et les
« jours se traînent si lentement pour moi quand
« je ne te vois pas, que si je n'avais pas la certi-
« tude d'être aimé de toi et de te posséder un
« jour, je sortirais de cette position intolérable.
« Les taquineries burlesques de Richard me di-
« vertissent bien quelquefois ; mais plus souvent
« elles m'irritent au dernier point, je crains aussi
« qu'il n'arrive à pénétrer mon secret. Je suis
« tenté à tout moment de lui faire une scène;
« qui sait ce qui en adviendrait... si ton père
« allait refuser son consentement... »

Le billet était sans signature, mais Richard avait assez vu de l'écriture de Rodolphe pour être bien sûr que c'était la même. Des mots, des phrases manquaient sans doute, mais il en restait assez pour que le sens lui apparût clair et précis. Ce billet était adressé à Cécile, il n'y avait pas le moindre doute ; son nom ne se trouvait nulle part, mais les situations respectives étaient si bien définies qu'il n'y avait pas lieu de prendre le change.

— Ah! misérable Rodolphe, s'écria Richard, tu me paieras tout cela de ton sang.

Il plia le fragment de papier et le plaça avec soin dans son portefeuille.

— A présent, dit-il, mettons ordre à mes affaires et à celles de mon oncle, et quand j'aurai châtié cet homme qui m'a fait endurer tant de tourments, je pourrai partir d'ici, je serai vengé. Vous rirez alors de moi, s'il vous plaît; dans mon lointain voyage, je rirai aussi en pensant à vous...

Richard ayant trouvé un cheval tout prêt dont la bride était aux mains de François, sauta en selle sans adresser un mot au vieux domestique, et partit comme un trait.

Il eut bientôt fait la commission de son oncle près de M. Zoellner. Il se dirigea alors vers la demeure du seul homme auquel il croyait pouvoir se confier, non qu'il voulût prendre aucun conseil, ses desseins étaient désormais arrêtés; mais il avait besoin de verser dans le cœur d'un ami le trop plein de désespoir et de haine qui débordait du sien.

IX

LA PROVOCATION.

Cet ami, pasteur d'un petit village éloigné des villes, était un homme simple et sans passions. Richard lui raconta tout ce qu'il avait souffert depuis quelques semaines ; il n'omit aucune circonstance, et lui lut le fragment de billet qui, selon lui, jetait la plus vive lumière sur l'intrigue dont il était la victime. Le pasteur écouta, sans l'interrompre, le jeune homme avec une grande attention et un visible intérêt. Après lui avoir fait répéter divers détails, sans doute pour se former une opinion plus nette et donner un conseil plus sûr, il réfléchit un moment, puis demanda froidement à son ami si sa résolution de passer aux États-

Unis était bien irrévocable, et surtout si ce qu'il venait de raconter en était le véritable motif. Richard regarda le pasteur avec stupéfaction :

— Que voulez-vous donc de plus, fit-il, et ne me trouvez-vous pas assez malheureux encore ?

— Calmez-vous, mon ami, dit le pasteur ; mais permettez-moi de vous dire que je ne puis croire que les choses soient telles que vous me les racontez. Il y a dans tout ceci quelque méprise qui s'expliquera à coup sûr si vous y mettez un peu de patience.

— Ma patience est épuisée, l'heure de la vengeance est venue.

— Quel mot horrible venez-vous de prononcer, mon cher Richard, vous que j'ai connu si bon, si doux ?

— Oh ! vous avez raison, j'ai été tout cela, mais je ne le serai plus désormais. Vous ne pouvez comprendre, vous, homme de paix, tout ce que je souffre à cette heure, d'avoir été ainsi moqué, méconnu par ceux que j'aimais.

— Il y a dans tout ceci quelque malentendu qui s'expliquera.

— Un malentendu ! eh ! n'ai-je pas demandé et obtenu des explications ! Cécile m'a traité de fou, et mon oncle lui-même ne m'a témoigné qu'une stérile pitié... Oh! maudit peintre! reprit-il avec rage.

— Promettez-moi, Richard, de ne pas donner suite à ces affreux projets de duel. Si je ne dois plus vous revoir, si vous devez partir, croyez-moi, ne vous mettez pas dans le cas d'emporter un remords de votre patrie... laissez-moi garder de vous un pur souvenir...

— Vous ne me demandez pas plus que je ne saurais faire, mon cher Théobald; il faut que ma destinée s'accomplisse; mais où que je sois, votre souvenir brillera toujours comme une douce étoile dans la sombre nuit de ma vie, et ce sera pour moi une grande consolation, dans les pays lointains que je vais parcourir, lorsque ma pensée se reportera aux lieux où je suis né, de savoir qu'un cœur généreux y bat encore pour moi. Adieu, adieu.

Richard parti, Théobald se demanda s'il préviendrait par une confidence faite à propos tous les malheurs qui pouvaient résulter de l'exaspération du jeune homme. Timide, étranger au monde, connaissant à peine M. Winterbach, il craignit de se voir mal accueilli dans une famille où, après tout, il n'était pas appelé. Puis il songea que Richard, le premier moment passé, réfléchirait, s'apaiserait de lui-même, et ne mettrait à exécution aucun de ses projets.

Richard franchit rapidement la longue distance qui le séparait du château de son oncle. Le mouvement, le grand air, les conseils mêmes que venait de lui donner son ami, bien loin de le calmer, ne firent que l'irriter davantage; il roulait dans sa tête brûlante mille noirs projets, et s'impatientait de la lenteur de son cheval, qui cependant bondissait sous l'éperon.

Il arriva enfin, à la nuit close; personne ne se trouva sur son chemin; la maison était presque déserte : M. et Mme Winterbach étaient en visite dans le voisinage, et ne devaient rentrer que fort tard, à ce que lui dit le vieux François. Richard se félicita en lui-même de cette circonstance. Il avait assez de temps devant lui pour accomplir ses desseins sinistres. A dix heures, il pouvait être à C... et prendre le convoi de Rotterdam, où il s'embarquerait sur le premier vaisseau venu.

— Et Cécile? demanda-t-il avec hésitation au vieux domestique.

— Mademoiselle est sortie depuis ce matin pour...

Richard interrompit brutalement François :

— Elle est avec le peintre! s'écrie-t-il avec rage, et il ferma la porte violemment. Il avait la tête perdue.

Il tira ses pistolets de son secrétaire, et prit de la poudre et des balles qu'il roula convulsivement dans ses doigts...

— En écrivant, dit-il, mon agitation se calmera :

« Si vous ne voulez pas être flétri du nom de « lâche, venez seul, ce soir, à huit heures, der- « rière la ruine, dans le bois de sapins. Le petit « billet ci-inclus, que le hasard a jeté dans mes « mains, vous dira les causes de ma haine. J'au- « rai des armes sûres. »

Cette lettre, on le devine, portait pour suscription : *A M. Rodolphe d'Ortenberg.*

Richard écrivit ensuite à son oncle une longue et touchante lettre, qui fit plus d'une fois jaillir les larmes de ses yeux. Il remerciait avec une pieuse reconnaissance le frère de sa mère de ses bontés pour lui. Puis il ajoutait que le séjour de l'Europe lui étant de plus en plus insuportable, il revenait à son premier projet, et partait pour l'Amérique.

Il faisait ensuite ses adieux à Mme Winterbach. Le nom de Cécile ne sortit pas une seule fois de sa plume, mais sous les vives effusions de cette tendresse de tante à neveu, on sentait à chaque ligne la douleur poignante de l'amant.

Au moment où il cachetait cette lettre, ses yeux se portèrent par hasard sur la tour en ruine habitée par Rodolphe. Une vive lumière y brillait. La colère un moment assoupie du jeune homme se réveilla :

— François ! cria-t-il avec force.

Le vieux serviteur entra aussitôt, sans doute il s'attendait à un ordre.

— Porte bien vite cette lettre au peintre, dit-il; demain seulement, entends-tu bien, tu remettras celle-ci à mon oncle.

— M. Richard n'est pas malade? demanda François d'une voix hésitante et émue.

— Non, dit-il d'une voix brève en faisant signe au vieillard de sortir.

François, après avoir regardé un moment son jeune maître en silence, se dirigea vers la porte. Richard le rappela :

— Je suis un peu fatigué de la longue course que j'ai faite aujourd'hui, lui dit-il avec douceur. Demain, il n'y paraîtra plus. Tout à l'heure, je vais sortir ; si l'on me demande ce soir, tu diras que je suis allé chez le docteur Eisenhardt, auquel j'ai promis, en effet, de goûter d'un bon vieux vin qu'il a reçu hier en présent. Cours maintenant, mon ami, faire ma commission auprès de Rodolphe, et n'oublie pas de remettre demain, mais seulement demain, la lettre à mon oncle.

François sortit en hochant la tête ; le vieillard était triste, et prêt à pleurer.

Quand Richard fut de nouveau seul, il reprit ses préparatifs de départ. Il mit en ordre les quelques souvenirs qui lui venaient de son vénéré père et de sa tendre mère, il écarta avec soin tout ce qui provenait des libéralités de son oncle et de sa tante ; il lui semblait que rien de ce qui avait appartenu à cette maison ne pouvait lui porter bonheur dans la nouvelle vie où il allait se lancer Au fond d'une petite bourse se trouvait intacte, comme à la veille du jour où il avait rencontré son oncle à Hambourg, la petite somme d'argent qu'il avait réalisée et qui représentait tout son modeste héritage.

— Ceci est bien à moi, dit-il en le fourrant dans sa gibecière qui pendait à son côté.

Dans un tiroir à secret, habituellement sous sa main, il ramassa un petit sac en perles destiné à contenir du tabac, et que sa cousine avait fait elle-même pour lui ; il brisa cet objet qui lui avait été si cher, et en rejeta avec horreur les débris dans la chambre...

Son sac de nuit étant enfin clos, et tous ses préparatifs terminés, il lui restait du temps encore; il était six heures, il éteignit sa lumière pour faire croire qu'il était sorti, et se rapprocha de la fenêtre.

Il voulait jouir encore une fois des charmes de ce paysage enchanteur où il avait poussé tant de doux soupirs d'espérance; il voulait revoir ces vertes collines aimées, qu'il avait tant de fois gravies en faisant mille riants projets d'avenir; il voulait entendre une fois de plus ce doux murmure du fleuve allemand, confident discret des mille petits entretiens qu'il avait eus avec sa cousine, alors que, par les belles nuits d'été, il la promenait dans sa légère nacelle.

Le coup d'œil était magnifique et le paysage plein de mélancolie. Quelques rayons de soleil couchant fuyaient un à un de colline en colline, devant les molles vapeurs qui s'élevaient des vallées et du fleuve; la base grisâtre des burgs en ruines se teintait insensiblement en noir, tandis que l'or du soleil, chassé des éminences où il s'était d'abord étendu, montait au sommet des tours démantelées, se jouant coquettement, tantôt aux aspérités des créneaux, tantôt dans les luxuriantes touffes de ces plantes que la nature jette comme à plaisir sur les tombes et sur les ruines.

Au loin, on entendait les chants des vignerons quittant leurs travaux pour rentrer dans leurs demeures, puis les aboiements des chiens de berger, puis les mille bruits confus de la fauvette pressée qui sort du gîte, et de l'aile de l'oiseau qui se perche dans les branches. La petite ville assise de l'autre côté du Rhin apportait dans ce concert solennel du soir son contingent tumultueux de sons, à l'heure où s'illuminent les veillées; le courant des eaux, légèrement agité par cette brise odoriférante qui semble s'exhaler des fruits et des fleurs comme l'encens qui marque le passage des divinités, bourdonnait en sourdine une gamme d'une douceur ineffable...

Richard absorba par tous ses sens l'enivrement recueilli qui saisit les âmes poétiques en face de la nature; une indéfinissable tristesse s'empara insensiblement de lui, son cœur se gonfla de sanglots, et ses yeux s'emplirent de larmes.

— Oh! dit-il, tout ce qui vit et s'agite autour de moi rencontre une sympathie; aucun sentiment, aucune pensée ne me répond, à moi; je suis seul, tout seul...

Il essuya sa vue voilée. La tour habitée par Rodolphe l'illumina tout à coup.

— Oh! la vengeance! s'écria-t-il.

Il se rejetta en arrière dans la chambre pour fuir la vue de cette lumière qu'il savait éclairer le rendez-vous des deux amants. Il se roula sur son lit comme un insensé et ferma les yeux.

Bientôt un bruit de voix monta du jardin jusqu'à lui; ces voix, c'étaient celles de Rodolphe et de Cécile :

— Nous allons donc être débarrassé de ce fou furieux, dit le peintre; il part demain pour l'Amérique.

— Dieu soit loué, reprit Cécile, nous pourrons donc désormais nous voir en plein jour, sans être forcés de nous donner des rendez-vous dans l'ombre comme les voleurs.

— J'admire en vérité ma patience envers ce misérable fanfaron, que j'aurais cent fois corrigé, sans la présence de ton père.

— Et j'ai pu vivre tant de jours et d'années côte à côte avec ce lourdaud, dit la jeune fille. Si je ne t'avais pas vu, ô Rodolphe, sans doute j'aurais épousé cet ignorant; sans toi je marcherais dans l'obscurité; c'est toi qui m'a ouvert le ciel...

— Dès que cet espion aura mis à la voile, nous célébrerons nos fiançailles, chère Cécile.

Rodolphe se tut un moment ; il reprit en riant :

— Tu sais que j'ai la faveur de sa dernière visite ; je ne pouvais, en conscience, lui refuser ce petit plaisir. J'ai laissé tout exprès ma lampe brûler dans ma chambre solitaire. Voici l'heure, adieu, à bientôt. »

— La flamme de ta vie s'éteindra avant ta lampe, misérable histrion, dit Richard en saisissant ses pistolets et se précipitant hors de sa chambre.

Il ferma sa porte, en jeta au loin la clef, puis s'achemina à pas pressés, mais sourds, pour éviter d'être entendu, vers le lieu du rendez-vous.

X

UN COUP DE PISTOLET.

Comme il arrivait au bois de sapins, huit heures, qu'il compta une à une, sonnèrent à l'horloge de la petite ville. Il était le premier au rendez-vous.

La lumière de la tour isolée s'éteignit tout à coup; bientôt Rodolphe fut en face de son ennemi.

Le peintre était souriant, sa pose était dégagée. Il commença à parler de malentendu, de méprise. Richard l'interrompit brusquement.

— C'est à nos pistolets de parler pour nous, dit-il.

— Faisons la paix, M. Stromfeld, dit le peintre comme tremblant. Laissez-moi vous expliquer tout ceci...

— Êtes-vous un lâche, Rodolphe, exclama Richard, et il lui tendit un pistolet, de la poudre et des balles.

Le peintre saisit le pistolet avec rage, et le chargea en un rien de temps, comme un homme exercé. Richard en fit autant de son côté.

— C'est à vous de tirer le premier, dit-il, d'un air sombre.

Le peintre ajusta, le coup partit; Richard resta debout : il n'était pas blessé.

— C'est un excellent coup, et qui prouve une main sûre, dit-il. A mon tour!

Il lâcha la détente, Rodolphe tomba, baigné dans son sang.

Une joie sauvage, infernale pénétra d'abord le cœur de Richard ; mais cette joie s'évanouit bien vite quand il vit le malheureux Rodolphe pâle, sanglant, luttant contre l'agonie, se lever péniblement, et lui dire de cette voix plaintive, entrecoupée des mourants :

— Fuyez... fuyez... et que Dieu vous pardonne... comme moi-même je vous pardonne... Votre indomptable caractère... a fait quatre malheureux... Cécile vous aimait.

— Que dites-vous ! s'écria Richard.

— On ne ment pas à cette heure... Cécile vous aimait... c'est un ange... Oh ! je souffre, mon Dieu !

Richard faisait de vains efforts pour crier au secours; il ouvrit la bouche, mais aucun son n'en sortait; la voix s'éteignait dans son gosier. Il avait pris Rodolphe dans ses bras comme une mère porte un fils blessé et chéri, en pleurant toutes les larmes de son cœur.

— Richard... donnez-moi votre main... fuyez, fuyez... Cécile vous aimait... oh !

Rodolphe cessa de presser la main de son meurtrier; son corps retomba inerte sur le gazon : il était mort !

Richard sentit ses cheveux se hérisser; une terreur panique s'empara de lui, il saisit son sac de nuit, sans savoir ce qu'il faisait, et se mit à fuir de toute la vitesse de ses jambes. Il gravissait les montées en courant, sautait les ravins et les fossés; il n'osait respirer ni regarder devant lui ni à ses côtés; il lui semblait que tous les arbres de la forêt se mettaient en mouvement et le poursuivaient : à chaque instant, il se baissait comme pour éviter leurs bras aigus et gigantesques. Cette course désordonnée, sans but, sans trève dura bien longtemps. Il ne s'arrêta enfin que les pieds dans le fleuve, dont la berge, en cet endroit, s'abaissait en pente douce.

Soudain, la cloche d'un bateau à vapeur sonna à toute volée; une petite barque s'était approchée du fugitif. Le pontonnier lui dit brutalement :

— Montez donc, jeune homme, croyez-vous que nous avons le temps d'attendre que vous ayez fini votre déclaration à la lune? Richard obéit docilement; une minute après, il était assis sur le pont du steambot, qui, mettant aussitôt ses roues en mouvement, fendit les ondes avec grâce et majesté.

Richard était sauvé, pour le moment du moins.

Personne ne fit attention à lui; la nuit était avancée; tous les voyageurs s'étaient, selon leur bourse, arrangés, qui dans son manteau, qui dans son mince sarrau de toile, et au plus près de la cheminée de la machine, pour dormir.

Un moment de raison, à travers son désespoir, éclaira enfin Richard. Il examina sa situation, et en pesa tous les dangers. Ce n'est plus à Rotterdam qu'il fallait s'embarquer, il fallait gagner la France, et se diriger sur un de ses ports, le Havre par exemple. Qui le soupçonnerait là? N'avait-il pas écrit à son oncle qu'il allait s'embarquer en Hollande. Il irait donc en France.

On arrête. Il revient à sa douleur. Ce moment de calme et d'examen en avait augmenté l'amertume, si c'est possible. Ses remords lui faisaient juger plus sainement, à cette heure, toute la folie, toute l'ingratitude et l'horreur de sa conduite. Son oncle avait toujours été bon, paternel pour lui; M. Winterbach devait-il changer de caractère pour son neveu? Son âge d'ailleurs ne comportait plus la fougue et l'expansion. Et sa tante, était-il au monde une meilleure femme, plus douce, plus facile. Oh! qu'il avait été ingrat! Et sa cousine Cécile, si spirituelle, si gaie, si charmante, avait-il donc le droit de la forcer à partager son amour. Son amour! mais le peintre en mourant ne lui avait-il pas dit que Cécile n'avait jamais aimé que lui, Richard. Le pauvre Rodolphe, c'est lui qui méritait de vivre plutôt qu'un insensé, devenu meurtrier. Car il l'avait tué, le brave jeune homme qui lui criait en arrivant sur le lieu du duel : « C'est une méprise, je vais tout vous expliquer, soyons amis… »

— Il m'a pardonné, mais moi je ne me pardonnerai jamais!

Richard pleura, se fit de grands et inutiles reproches, jura de se punir, évoqua encore une fois le passé, puis rêva, puis s'endormit enfin.

XI

LES VISIONS DE RICHARD FINISSENT PAR S'EXPLIQUER.

Les cloches annonçaient le jour du Seigneur; Winterbach, sa pipe neuve à la bouche, avait devant lui la gazette; Cécile, achevant sa toilette du dimanche, tout en écoutant les interminables digressions de sa mère sur les choux du jardin, sur le prix élevé de la viande, sur le sermon que prononcerait le pasteur après la messe, attendaient tous les trois, dans le salon de famille, qu'on leur servît le déjeuner, lorsque François, le plus vieux et le plus aimé des serviteurs de la maison, entra d'un air tout ému, tenant une lettre à la main.

— De la part de M. Stromfeld, dit-il, tendant

6

d'une main tremblante la missive de Richard à M. Winterbach.

— Une lettre de Richard! exclamèrent à la fois le père, la mère et la fille.

— Oui, Monsieur Winterbach, reprit François; cette lettre, je l'ai depuis hier au soir. J'avais l'ordre de ne vous la remettre que ce matin, et d'ailleurs, hier, en vous attendant, je me suis, malgré moi, endormi à force de penser à mon pauvre jeune maître.

— Et pourquoi Richard ne descend-il pas? est-il malade? fit Cécile avec inquiétude, tout en regardant son père, qui avait rompu le cachet et pâlissait en lisant.

— Richard est parti pour l'Amérique! s'écria M. Winterbach.

— Que dites-vous, mon père? fit la jeune fille en arrachant des mains de M. Winterbach la lettre de son cousin.

Cécile connut bientôt toute l'étendue de son malheur; alors ce fut un torrent de larmes, de sanglots, d'apostrophes violentes à son père, à sa mère, à elle-même.

— Ah! pourquoi, disait-elle, a-t-on joué cette abominable comédie? qui l'a inventée? pourquoi m'y suis-je prêtée? C'est votre faute, mon père;

à votre âge vous deviez prévoir les conséquences d'un semblable jeu sur un jeune homme ardent; c'est votre faute aussi, ma mère, vous avez manqué de tendresse... Oh! le pauvre Richard, lui si franc, si sincère, qu'il doit être malheureux à présent...

M. et Mme Winterbach n'avaient pas la force de gronder leur enfant, son état leur déchirait le cœur.

— Pourvu qu'il n'arrive pas malheur! reprit tout à coup Cécile.

— Hélas! Mademoiselle, fit plaintivement le vieux François.

— Que sais-tu? dit-elle, en se précipitant vers le bonhomme et le secouant pour qu'il parlât plus vite; mais celui-ci perdant la tête n'articulait que des phrases sans suite :

— Je ne me souciais pas de le laisser seul... allez, Mademoiselle... je ne voulais pas non plus porter la lettre à ce peintre maudit... il fallut obéir...

M. Winterbach entrevit un nouveau mystère, quelque catastrophe, et comme c'était un homme ferme et résolu, le maître dans sa maison, il imposa d'un regard le silence à tout le monde, et s'adressant au vieux domestique :

—Venez ici, François ; c'est à moi seul que vous devez parler ; dites-moi tout ce que vous savez.

François raconta alors ce qu'il avait vu de l'agitation de Richard, qui s'était enfermé dans sa chambre, et qui plus tard l'avait appelé pour porter immédiatement une lettre au peintre et lui remettre celle destinée à M. Winterbach.

— Ce qui m'a donné à penser, dit-il, c'est que M. Stromfeld avait préparé son sac de nuit comme pour un long voyage ; dans sa chambre étaient épars ses habillements, puis, sur sa table étaient...

Le vieillard hésita. Cécile le questionna avidement :

— Qu'y avait-il sur la table? mon Dieu, parlez donc.

— Faut-il tout dire, Monsieur, demanda le vieux domestique à M. Winterbach.

— Eh ! oui, à cette heure, il vaut mieux parler que se taire ; tu vois bien l'impatience de cette enfant.

— Eh bien, sur la table de M. Stromfeld étaient ses pistolets.

— Grand Dieu ! s'écria Cécile.

— Après huit heures... j'ai entendu deux coups de feu dans la direction du bois de sapins.

Cécile tomba évanouie, sa mère se précipita vers elle. M. Winterbach, d'un ton sévère, à François :

— As-tu porté la lettre au peintre?

— Je devais obéir à mon maître, fit le vieux serviteur tremblant.

— Richard aura tué Rodolphe! dit Winterbach. Voyons, que sais-tu encore?

— Plus rien, monsieur.

En ce moment, Dietrich, le gardien de la tour en ruines, entra. Il était dans la plus vive agitation. Tous les domestiques de la maison le suivaient.

— Qu'y a-t-il? lui cria Winterbach.

— Le vieux pêcheur soutient qu'il voit flotter sur le Rhin le corps de M. Rodolphe d'Ortenberg...

— Ah! malheureux jeune homme, dit M. Winterbach avec douleur; que l'on ne laisse pas le courant entraîner le corps, qu'on le rapporte ici, pour qu'il lui soit donné une sépulture chrétienne...

En ce moment, Cécile, revenant de son long évanouissement, promenait de tous côtés des yeux égarés; tout à coup elle s'écria : « Richard! » puis, s'échappant des bras de sa mère, elle se précipita vers la porte où, en effet, se tenait le jeune homme, regardant d'un air ébahi tout ce qui se passait dans le salon.

— Richard, dit-elle, non, n'est-ce pas, ce n'est pas toi qui as tué le peintre?

— Où avez-vous passé la nuit, Monsieur? fit d'une voix grave l'oncle Winterbach.

— *Dans ma chambre*, dit le jeune homme, et je suis tout ému encore de l'affreux rêve qui m'a tourmenté cette nuit, à ce point, que je ne sais, à cette heure, ce qu'il a de réel ou de fantastique, je...

Un grand trouble se fit dans le vestibule, et aussitôt le vieux conseiller Waechter et sa fille entrèrent, suivis d'un beau jeune homme, que, malgré sa mise élégante, et à la dernière mode du jour, tout le monde reconnut pour le peintre Rodolphe d'Ortenberg. Seulement, au lieu de ces longues boucles noires qui lui couvraient naguère les épaules, il portait de très-courts cheveux blonds, et sa grande barbe qui lui couvrait le visage s'était fondue, si l'on peut dire, en une élégante moustache.

— Ah! s'écria-t-il joyeusement en prenant la main de Richard, qui le regardait d'un air mi-stupéfait, mi-colère, je vous ai pour toujours débarrassé de cet ennuyeux peintre teutonique qui vous a causé tant de soucis. Ne voyez plus en moi que l'heureux prétendu de mademoiselle Caroline Waechter, qui n'oubliera jamais, non plus que moi, l'amitié si dévouée de votre chère Cécile, qui a consenti, au risque de tout, à protéger deux pauvres amoureux fort empêchés de se voir par suite de circonstances que M. Winterbach vous racontera, lui qui a été assez bon pour donner l'hospitalité au pauvre proscrit.

Richard regardait alternativement son interlocuteur, Cécile et son oncle; il ne comprenait rien à cet amphigouri.

Le vieux François murmura :

— Je suis cependant sûr d'avoir entendu les deux coups de pistolet.

—Certainement, dit Rodolphe, c'est moi qui les ai tirés, tout juste à huit heures et demie, pour annoncer de l'autre côté du Rhin, à ma chère Caroline, que je n'avais plus rien à craindre de la police.

— Mais le corps qui flotte sur le Rhin, dit à son tour Dietrich.

— C'est une botte de paille que je me suis amusé à revêtir des habits du peintre babillard que j'étais; c'est un dernier tour que je voulais jouer à mon ami Richard, ajouta Rodolphe.

— Alors c'est différent, il n'y a pas de mal, fit Dietrich, satisfait.

— C'est heureux que M. Dietrich donne son approbation, fit aigrement le conseiller Waechter, ce n'est pas en Angleterre que l'on laisserait ainsi parler devant leurs maîtres les domestiques; ils sont tenus à plus de respect.

— Et à moins d'affection et de dévouement, reprit gravement M. Winterbach; mais laissez-moi expliquer tout ceci à mon neveu, car il ne peut rien comprendre à tous ces détails, s'il ne sait le point de départ.

Richard fit un signe d'assentiment, de peur de retarder par une parole cet éclaircissement si nécessaire.

— M. le docteur Rodolphe Hauptmann, hier encore pour tout le monde, le peintre Rodolphe d'Ortenberg, reprit M. Winterbach, ayant été compromis naguère dans un de ces mouvements politiques qui témoignent de temps à autre que notre chère Allemagne fait des efforts pour sortir de l'ornière du passé, avait été obligé de s'expatrier. Après quatre années de séjour en Amérique, le désir de revoir sa patrie lui a fait braver tous les dangers, il est venu me demander l'hospitalité, attiré surtout par le voisinage de M. le conseiller, dont il aimait depuis longtemps la fille... Pendant ce temps, on sollicitait une amnistie pour lui.

— Tout est expliqué pour moi, du moment qu'il ne veut pas me ravir Cécile, dit Richard, la figure épanouie.

— Laissez-moi vous dire, mon ancien ami, fit Rodolphe en riant, que si vous aviez accueilli mes avances cordiales, au lieu de vous laisser dominer par une jalousie qui prouve une affection si profonde pour votre cousine, vous nous eussiez épargné à tous des démarches et des mystères, que l'incertitude de ma situation et la difficulté d'obtenir la main de ma chère Caroline, rendent plus obscurs encore.

— Certes, je n'aurais jamais donné ma fille à un proscrit, à un ennemi de l'État, dit le conseiller, car...

Rodolphe reprit bien vite, pour ne point laisser le bon M. Waechter s'embarrasser dans une longue dissertation politique :

— Ce billet dont vous avez retrouvé un fragment, par vous si mal interprété, mon cher Richard, a achevé de vous troubler l'esprit. Quant aux rendez-vous nocturnes dans le jardin, dans le petit bois, à la tour en ruines même, rien n'est plus simple : Caroline prenait un costume d'homme et mettait un masque pour éviter d'être reconnue. Je n'ai jamais été peintre, ce sont ces demoiselles qui cultivent cet art charmant.

— Mais ces portraits? dit Richard, auquel un soupçon revint au cœur, en souvenir de la toile renfermée dans la caisse qu'il avait ouverte.

— Méchant, ce portrait, c'est le vôtre, dit Caroline, notre chère Cécile le peignait de souvenir; car comment fixer sur la toile la vilaine figure et les gros yeux que vous faites depuis quelque temps.

— Ne le tourmentez pas davantage, dit à son tour Cécile en riant, vous qui, pour le dédommager de ses souffrances, dont vous étiez bien un peu la cause, avez fait pour lui mon portrait si rapidement, et à la lumière de deux bougies dans la vieille tour.

— Je suis un grand enfant, dit Richard, enivré de tant de bonheur.

— Nous allons mettre ordre à tout cela, dit M. Winterbach d'un air qu'il voulait rendre grave et sévère, mais qui était tout paternel. Il tendit à son neveu un volumineux papier timbré.

C'était l'acte, en bonne forme, qui constituait en dot à Cécile, si elle épousait son cousin, cette exploitation rurale, dont Richard, depuis quatre années, avait, par son travail, presque doublé la valeur.

Le conseiller Waechter, qui avait pour un moment quitté la compagnie, afin de lire un pli cacheté aux armes du souverain, qu'un exprès venait de lui apporter, rentra, la figure tout épanouie.

— Rodolphe, dit-il, remerciez le prince ; pour votre cadeau de noces, il a daigné me nommer conseiller aulique.

— Quel festin je vais avoir à régler pour ces doubles fiançailles ! dit avec jubilation la bonne mère Winterbach.

— Que j'étais sot d'aller chercher le bonheur si loin quand il était si près ! dit Richard.

LA MAIN DU MORT.

—

LÉGENDE ALLEMANDE

de Madame L. Schücking,

IMITÉE PAR

AUGUSTE COUVREUR.

LA MAIN DU MORT.

Il y a un mois, des affaires privées me conduisirent dans la partie catholique de la Westphalie, qui constituait autrefois l'évêché souverain de Munster. Obligé de séjourner dans une petite localité du pays, j'utilisais mes loisirs à m'initier aux mœurs de ces populations, longtemps séparées du reste du monde, intéressantes à plus d'un titre et auxquelles notre civilisation moderne, grâce à Dieu, n'a pu encore infliger l'empreinte de son type uniforme, bien que l'établissement de la grande voie ferrée vers Berlin tende à ce résultat.

Une de mes excursions me valut l'histoire qu'on va lire. Elle me fut racontée par les principaux auteurs du fait, puis confirmée par un homme véridique et respectable à tous égards, par le curé du village, théâtre du drame dans lequel lui-même d'ailleurs avait joué un rôle : je donne ce récit, tel que je l'ai reçu, je n'en retranche et n'y ajoute rien. Libre au lecteur de chercher à expliquer ce que l'événement a de surnaturel, s'il lui répugne de l'admettre, comme les âmes naïves desquelles je le tiens, dans toute sa simplicité miraculeuse, et d'y voir une manifestation éclatante de la justice divine.

Le domaine de maître Bernard Moll, l'un des plus riches paysans de la contrée qui s'étend autour du village de Bockersheim, est situé près d'une belle et grande forêt domaniale, qui paraît avancer sa lisière touffue jusqu'aux portes même de l'habitation, tant sont puissants les chênes sous lesquels, à la mode westphalienne, la maison et ses dépendances cachent leurs longs toits à tuiles rouges.

Hâtons-nous de traverser l'enclos pour arriver à la cuisine, nous y trouverons deux des personnages dont nous avons à faire la connaissance. Là règne, en effet, Mme Jenna, la digne maîtresse de céans, qui, cinq fois par jour, réunit autour d'elle pour les repas les valets et les filles de la ferme. Le paysan westphalien a l'appétit robuste. Dans ces moments où la besogne presse, car tout le monde doit être servi à la fois, la bonne femme ne manque jamais de regretter que le ciel ne lui ait pas donné pour aide une fille agile, au lieu d'un « grand vaurien de fils. »

Mais ce « grand vaurien » est tendrement aimé, et il le mérite bien, car c'est un brave garçon, de bonne mine, du meilleur cœur, infatigable à l'ouvrage, qui a pour sa mère une adoration d'autant plus absolue que, par la rudesse du père, ce fils a été obligé de reporter sur Mme Jenna seule, toutes les affections filiales dont son cœur déborde. Depuis quelque temps, cependant, ces marques d'attachement sont devenues moins expansives. Franz est préoccupé, rêveur, triste parfois; sa mère s'en inquiète et s'en tourmente. Aussi, a-t-elle résolu de connaître avant le soir même les secrets de son fils, ses chagrins peut-être, pour les dissiper ou les adoucir, selon le mieux de ses inspirations, par ces douces et insinuantes paroles qui sont la vraie force de la femme.

En ce moment même, où nous venons de surprendre la mère et le fils, Mme Jenna vient d'apprendre à son indicible effroi, que Franz aime, et qu'il aime Lisbeth, la fille du « *Koetter* » Pierre Hartmann.

Nous disons à son grand effroi, car il faut savoir que maître Bernard, le père de Franz, en vertu de l'antique coutume du pays, a droit de seigneurie sur dix « *Koetten* » ou métairies, dont les tenanciers sont vis-à-vis de lui dans une position semblable à celle que créait jadis le vasselage. Le « *Koetter* » tient de son « *maître* » une certaine étendue de terres, dont il paie le loyer, partie en argent, partie en prestations de travail. Or, maître Moll, peu aimé de ses tenanciers et peu digne de l'être, a pour l'un d'eux une haine profonde : ce « *Koetter* » n'est autre que Pierre Hartmann.

A la rigueur, la mère eût pardonné à Lisbeth d'être la fille d'un tenancier, bien que, d'après les idées locales, un tel amour lui parût tout aussi monstrueux que si un noble descendant des anciennes maisons catholiques du pays eût perdu son cœur devant les beaux yeux d'une bourgeoise protestante. Mais aller choisir précisément la fille de Hartmann !

Mme Jenna n'en revenait pas ; cette révélation la terrifiait.

Cependant, par égard pour les sentiments de son fils, elle s'abstint de lui manifester son étonnement un peu mêlé de mécontement, et se borna à appeler son attention sur les dangers de son amour.

— Il faut, lui dit-elle, tout attendre du temps et d'une éventualité que tu ne peux désirer sans crime. Surtout, que Lisbeth ne sache pas que tu m'as parlé ; il ne faut pas qu'elle me soupçonne instruite de votre affection réciproque, elle y puiserait des espérances qui ne peuvent se réaliser maintenant, et qui peut-être n'arriveront jamais à maturité. Car, tu le sais, ton père tuerait ta Lisbeth, plutôt que de la nommer sa fille et de la laisser entrer dans la maison.

— Hélas, je le sais bien, répondit Franz, et c'est là ce qui me désole. Quand le père de Lisbeth nous a intenté un procès au sujet de son expulsion de la ferme des Mathurins qu'il occupait autrefois, le mien ne m'a-t-il pas défendu de la manière la plus absolue d'aller visiter Lisbeth dans sa nouvelle métairie ?

— Et tu lui as désobéi ?

— Non, mère, Lisbeth et moi nous nous sommes rencontrés dans la forêt, par hasard d'abord, puis, régulièrement, tous les jours.

— Ah ! c'est donc pour cela que monsieur rendait de si fréquentes visites à la maison du maître forestier, ou qu'il prétextait le désir d'aller lire le journal chez M. le curé. Fi, fi!

A ces mots, Mme Jenna déposa la grande cuillère à crême qu'elle n'avait cessé de tenir en main, et vint s'asseoir près de son fils sur le banc placé sous le manteau de la cheminée.

— Franz, mon enfant, poursuivit-elle tristement, je vois qu'il est de mon devoir de t'expliquer d'où sont nées la grande colère et l'inimitié de ton père contre Hartmann, afin que tu comprennes bien toutes les impossibilités de la voie dans laquelle tu es engagé. Tu sais que lorsque ton grand-père et celui de Lisbeth vivaient encore, Pierre Hartmann servait comme domestique ici dans la ferme. Ton père, bien qu'il fût du même âge que Pierre, n'avait pas avec lui plus de rapports qu'il ne fallait. Tu sais qu'il n'aime pas les gens en dessous de lui; ton grand-père m'a dit souvent que dès sa plus tendre enfance, son fils avait été fier et peu communicatif; rude même aux pauvres ouvriers. Les punitions ne lui ont pas manqué, sans le corriger cependant. Hartmann, de son côté, n'avait pas non plus le caractère bien facile. Il était entêté, croyait savoir toute chose mieux que le maître, surtout quand il s'agissait de soigner les chevaux; car il était valet d'écurie. De là des discussions continuelles entre ton père et lui. L'un n'en faisait qu'à sa guise; l'autre, au lieu de le reprendre doucement, l'injuriait et le maltraitait en paroles; à tout moment ton grand-père devait intervenir entre eux.

Cependant, en dépit de ses défauts, Pierre était un valet précieux, fidèle et attaché aux intérêts de son maître qui savait l'apprécier. Tu as connu ton grand-père, Franz, sévère parfois, mais juste aussi; c'était le seul homme sur terre qui imposât à ton père, et tu sais que lorsque le vieillard se fâchait, il faisait trembler bêtes et gens.

Un jour, il avait permis à ton père de se rendre à la foire voisine, et de prendre à cet effet le meilleur cheval de son écurie, car il voulait que son Bernard, son enfant unique, qu'il morigénait souvent, mais qu'il n'aimait pas moins avec tendresse, pût occuper le premier rang parmi tous ses compagnons. Or, ton père eut le tort de s'amuser un peu trop à la ville, et le soir était déjà venu, quand il sortit des portes, bien qu'il eût promis d'être de retour à l'heure du souper.

Il tint parole, mais sa pauvre monture sut à quel prix. Pierre Hartmann s'en douta également lorsqu'il conduisit le bon cheval à l'écurie et qu'il essuya l'écume, la poussière et la sueur qui couvraient les flancs pantelants de la bête. Il ne dit rien, cependant, quand, au souper, le maître lui demanda si Moro avait reçu sa double ration d'avoine.

Le lendemain matin, ton grand-père et ta grand'mère prenaient le café, en présence de ton père qui, avant de se rendre aux champs, recevait ses instructions pour le travail de la journée, lorsque Pierre entra et annonça sans préambule que Moro était en train de mourir.

— J'ai veillé toute la nuit auprès de la bête, dit-il, mais je n'y ai rien pu faire; not' jeune maître l'a trop éreintée hier, et, quand il m'a jeté la bride aux mains, j'ai prévu le malheur; jamais cheval n'a été abîmé ainsi!

Le vieux paysan s'élança vers l'écurie en criant avec violence à son fils de le suivre. Quand il vit réellement la meilleure bête de son écurie, son Moro, son favori, en proie aux derniers spasmes de l'agonie, sa colère ne connut plus de bornes; il se retourna vers ton père, et, en présence de Pierre Hartmann, il lui donna un violent soufflet.

Bernard souffrit cette rude correction sans mot dire; mais depuis ce temps il a persécuté d'une haine inextinguible celui qu'il considère comme un délateur. Le vieux Koetter, père de Pierre, mourut; celui-ci quitta le service de la ferme et reprit le bien des Mathurins pour le faire valoir à son tour. A la mort de ton grand-père, plusieurs années s'étaient écoulées depuis ces événements, Hartmann pouvait croire que son nouveau maître avait oublié le passé et ses griefs personnels. Il n'en fut rien. Le premier acte d'administration de ton père, fut d'enlever à son paysan les « Mathurins, » et de lui assigner « les Mares, » la plus mauvaise des dix « Koetten » du domaine. Là-dessus, plainte de Hartmann en justice.

Ayant perdu son procès, il en a appelé devant le tribunal supérieur. Ce sont là de nouveaux sujets de colère pour ton père, dont la haine s'est encore accrue. Cependant, je ne puis lui donner complètement tort. Pierre est trop entêté, ses procès n'ont servi qu'à le ruiner, lui et les siens; autrefois, son écurie possédait quatre vaches; elle n'en a plus une seule; il a dû vendre tout son avoir pour subvenir aux frais de ses poursuites judiciaires, qui n'aboutiront à rien; car, légalement, ton père a le droit d'agir comme il l'a fait. Mais c'est à quoi Hartmann ne réfléchit pas; il y met de l'obstination et de l'animosité, car ses actions s'inspirent plutôt du besoin de tourmenter et d'exciter ton père que du désir de rentrer en possession des « Mathurins. » Il sacrifie à ce sentiment sa femme et son enfant, et les expose à mourir un jour de misère et de faim.

En ce moment une voix bien connue retentit dans la cour de l'habitation. C'était celle du père, il revenait des champs ; la mère et le fils se levèrent effrayés. Quand Bernard Moll entra dans la cuisine, sa femme venait de la quitter en toute hâte, pour gagner la laiterie.

A première vue, nul n'eût deviné le caractère dur et tyrannique de l'arrivant. Il était grand et maigre, blond de cheveux, la barbe clair-semée, les traits agréables. Mais à une inspection plus détaillée, une bouche petite et fine, des lèvres minces et serrées, exagérant un type commun à la plupart des habitants du pays, un œil d'un bleu d'acier, aux regards tranchants, pareils à ceux du héron, un nez aquilin, à l'arête anguleuse, aux narines allongées, eussent dénoncé au physionomiste le moins expert que cet homme redouté des siens devait avoir en effet un caractère d'un orgueil et d'une ténacité inflexibles.

— Où est ta mère? dit-il d'un ton brusque à son fils.

— Elle vient de sortir, répondit Franz, non sans quelque embarras, baissant les yeux pour éviter le regard perçant de son père.

— Va-t'en à l'écurie, et dis à Christophe d'atteler la carriole. Il faut que j'aille en ville pour le procès de *Monsieur* Pierre Hartmann.

Bernard Moll se borna à prononcer ce nom et l'épithète qu'il y accolait avec un accent ironique, sans autrement manifester ses sentiments. Cependant, aux paroles de son père, Franz sentit son cœur se serrer sous une glaciale étreinte. Il sortit, et, bientôt apres, le riche paysan, accompagné de son valet d'écurie, partit pour la ville, non sans avoir recommandé à Franz d'aller surveiller les ouvriers, plutôt que d'être toujours pendu aux jupes de sa mère.

Dès que Mme Jenna se vit seule, elle voulut mettre le temps à profit pour envoyer à quelques pauvres du voisinage de vieux habits, du pain, de la farine, du lard, mille choses dont elle pouvait se passer sans nuire aux intérêts de son ménage. Lorsque son mari était présent, elle n'osait se livrer à ses instincts généreux et compatissants. Quelque pauvre diable demandait-il l'aumône à Bernard, ce qui d'ailleurs était rare, celui-ci ne la refusait pas, mais c'était par ostentation, et pour ne pas se mettre en guerre ouverte avec les coutumes et traditions charitables du pays. Mais chez lui, dans son intérieur, loin de témoins, il prenait sa revanche et exprimait son mécontentement contre les mendiants qui ne savent vivre qu'aux dépens d'autrui, contre « la mère, » c'est ainsi qu'il appelait sa femme, qui le dépouillerait de sa maison et de ses terres, s'il ne la forçait de mettre un frein à d'inutiles libéralités.

Au commencement de leur union, il avait si souvent blâmé et raillé les bonnes qualités de Mme Jenna, que celle-ci en était venue à dissimuler ses charités. Les nécessiteux le savaient bien, leur premier soin était toujours de s'informer si « le maître » était à la maison. La réponse était-elle affirmative, les pauvres se hâtaient de partir; dans le cas contraire, ils s'adressaient à la « bonne dame dont la main était toujours ouverte. » La plus jeune servante de la maison, Clairette, était d'ordinaire la dispensatrice des dons de Mme Jenna. C'était elle qui était chargée de faire de temps en temps la ronde chez les visiteurs habituels de sa maîtresse, près de laquelle elle remplissait avec orgueil les secrètes fonctions d'aide de camp ou de premier ministre des charités secrètes.

C'est en cette qualité qu'en ce moment même elle se tient debout devant Mme Jenna. A son gros bras rouge et potelé est suspendu le « panier des pauvres, » grande corbeille en osier, telle qu'on l'emploie à cet usage dans le pays, et qui a la forme d'une coquille de noix avec une anse en demi-cercle. Mme Jenna emplit cette corbeille d'objets divers, en ayant bien soin de répéter à différentes reprises les noms des heureux auxquels elle destine ces dons.

En ce moment, quelqu'un heurte discrètement à la porte de la chambre où les deux femmes sont occupées, et bientôt une tête aux traits hâves et flétris se montre avec timidité dans l'entrebâillement.

— Ah! c'est vous, Thérèse! Que voulez-vous? Entrez. Notre homme est parti pour la ville. Mais entrez donc, répète Mme Jenna d'un ton amical.

Thérèse est la femme du Koetter Pierre Hartmann, la mère de Lisbeth.

— J'ai vu passer le maître, sinon je n'aurais pas osé venir, dit la femme en se laissant tomber sur une chaise, en proie à un grand chagrin, comme le prouvaient assez les larmes qui inondaient sa figure.

— Pour l'amour de Jésus, qu'avez-vous donc à pleurer ainsi? demanda avec intérêt Mme Jenna en faisant signe à Clairette de quitter la chambre et de les laisser seules; un malheur est-il arrivé à votre fille?

La femme sanglotait. Elle était hors d'état de répondre et se borna à faire un signe négatif.

— A votre mari, alors?

— Il est mort, s'écria Thérèse, se cachant la figure et s'abandonnant à une douleur convulsive.

—Jésus, Maria. Comment cela? Subitement?

Il se passa quelque temps avant que Thérèse ne fût en état de répondre. Enfin, elle retrouva un peu de calme, et dit :

— Aujourd'hui, de grand matin, il est monté sur le toit de la maison pour y détruire un nid de pies; ces oiseaux mangeaient toutes nos cerises. Vous savez que nous nous plaignons depuis bien longtemps du mauvais état de notre toit, qui menaçait ruine, mais le maître n'a garde de faire réparer quoique ce soit chez nous; le toit pouvait impunément nous écraser, ce lui eût été une bonne nouvelle. Maintenant, voilà ses désirs exaucés.

— Votre mari est-il tombé du toit? demanda la maîtresse d'une voix tremblante, les joues pâles, les larmes aux yeux.

— Oui, et avec lui la poutre pourrie à laquelle il se retenait. Il est mort sous le coup. Je viens de chez M. le curé. Il connaissait déjà mon malheur; le barbier que Lisbeth avait immédiatement appelé le lui avait appris.

— Et qu'a dit M. le curé?

— De laver et d'habiller le cadavre. Il m'enverra ce soir un cercueil, et viendra lui-même demain pour enterrer mon mari aux frais de la caisse des pauvres.

— C'est, en effet, tout ce qui reste à faire, dit la femme.

— Hélas, reprit son interlocutrice en hésitant, M. le curé m'a dit d'habiller proprement mon mari; or, nous ne possédons plus une seule chemise, plus une seule pièce de toile! Ces malheureux procès nous ont tout pris!

— C'est donc une chemise qu'il vous faut pour votre défunt? dit Mme Jenna en posant sa main sur l'épaule de la pauvre affligée. Puis sans attendre la réponse, elle passa dans la pièce voisine.

La malheureuse femme du tenancier, absorbée dans ses douloureuses réflexions, ne s'aperçut pas que sa maîtresse tardait à revenir. La bonne femme était allée chercher une chemise de son mari, et, par un sentiment de délicatesse facile à comprendre, elle en avait ôté le nom de Bernard qui s'y trouvait marqué.

— Désirez-vous encore quelque chose, Thérèse? dit-elle en donnant la chemise.

— Merci, notre maîtresse, dit celle-ci, pour le reste nous avons ce qu'il nous faut. Et elle se leva pour partir.

— Attendez donc, attendez, fit Jenna en l'obligeant à se rasseoir. Puis elle alla vers une petite armoire placée dans un coin de la chambre, et l'ouvrit à l'aide d'une des nombreuses clefs du trousseau qui tintait à ses côtés, pendu aux cordons de son tablier.

Après y avoir pris une antique cassette à fermoirs en cuivre, qui fut soigneusement remise en place, elle revint vers la tenancière et lui dit avec un peu d'embarras :

— Vous savez, Thérèse, que mon homme enferme tout son argent. Mais voici une pièce étrangère qu'il m'a donnée la première année de notre mariage, un juif m'en a offert un jour vingt francs ; faites la vendre par Lisbeth, je sais que vous en aurez besoin. Allons, allons, ne me refusez pas cela.

A ces mots, Jenna glissa la pièce d'or dans la

poche du tablier de Thérèse, qui se défendait d'accepter le don. Puis elle vit partir la pauvre créature et la suivit longtemps des yeux. N'était-elle pas la mère de Lisbeth ?

Au coup de sept heures, la cour de la ferme s'anima. Les ouvriers à la journée, les valets et les servantes rentrèrent des champs avec les charrues et les herses, attelées des chevaux de labour. Franz aussi revint, et demanda aussitôt où était sa mère. Quand il l'eut trouvée, il lui dit d'un ton plein d'anxiété :

— Mère, mère, comprends-tu ce que cela signifie ? Lisbeth, toujours si exacte, n'est pas venue de toute la journée à la maison du garde. J'y ai bien été cinq fois cet après-midi.

Mme Jenna raconta alors le malheur qui avait frappé la famille du tenancier. Franz en fut profondément affecté. Il fallut les vives et tendres instances de sa mère pour l'engager à s'asseoir à la table commune, où les domestiques prenaient leur repas du soir. La place du maître seule resta vide, la nuit vint que Bernard n'était pas encore rentré. Mme Jenna se retira en donnant ordre à l'un des valets de veiller dans la cuisine. Mais Franz voulut absolument se charger de ce soin. Il sentait qu'il ne dormirait pas de la nuit. Il lui semblait toujours qu'il devait partir, aller trouver Lisbeth, la consoler et partager ses peines, avouer hautement son amour.

Sa mère lui fit promettre de se maîtriser et de ne rien laisser paraître de sa douleur devant le père; il est probable que Franz n'eût pu réussir à tenir sa promesse; heureusement, Bernard ne rentra pas de la nuit. Il n'arriva que le lendemain à neuf heures du matin. Sa femme alla à sa rencontre jusqu'à la barrière qui fermait l'entrée de la cour intérieure. Elle fut peu satisfaite de la physionomie de son mari. Elle était sombre et chargée de nuages. Bernard ne répondit rien à la question de sa femme sur le motif de sa longue absence, et, descendant de voiture, il se fâcha contre le domestique, qui avait mal attelé les chevaux. Mme Jenna, s'adressant alors à Christophe, lui répéta sa question.

— Le timon s'est cassé près de Glandorf, répartit celui-ci; le forgeron a voulu le raccommoder sur-le-champ, mais l'ouvrage a pris du temps et nous avons dû passer la nuit à l'auberge. Le timon n'a pu être remis que ce matin.

— Veux-tu déjeuner, notre homme? demanda Mme Jenna à son mari, dont les yeux gonflés et légèrement rougis lui disaient qu'il avait bu à Glandorf, contrairement à ses habitudes et sans doute pour tuer l'ennui du temps perdu.

— Sans doute, fut la courte et sèche réponse. Elle le suivit jusqu'à la cuisine, et lui apporta du pain et du jambon, du fromage et du beurre.

— Pourquoi ne me donnes-tu pas à boire? demanda-t-il, en mangeant sans la regarder.

— Parce que je voudrais ne te donner que de l'eau, dit-elle sans bouger de la place, et que j'ai des choses importantes à t'apprendre.

— Des choses importantes; quoi donc?

— Pierre Hartmann est mort.

— Hein! s'écria Bernard, en ouvrant de grands yeux effarés.

La femme raconta le malheur arrivé à Pierre Hartmann. Son mari l'ayant écoutée sans manifester le moindre sentiment hostile, parce que la mort subite du métayer l'avait frappé de stupeur, elle crut le moment opportun de lui faire connaître le don fait à Thérèse.

Il se leva d'un bond, furieux, exaspéré, hors de lui :

— Comment, une de mes chemises! une de mes chemises à ce chien, à ce misérable! Et il avait saisi Mme Jenna par l'épaule et la secouait rudement. Mais celle-ci s'arracha de ses mains, et, sérieusement indignée à son tour d'une telle persistance d'animosité sauvage, elle s'écria :

— A quoi bon ces cris et qu'y puis-je maintenant? Il l'a au corps. Ne faudrait-il pas aller la lui reprendre?

— C'est ce que je vais faire, et sur-le-champ, répliqua le fermier avec la violence entêtée qui lui était propre, et que les copieuses libations du matin n'avaient pu qu'exalter.

Le cœur de Jenna se brisa à cette parole. Elle essaya d'avoir recours à la douceur, à la prière.

— Pour l'amour de moi, dit-elle ; c'est la première fois depuis les vingt années de notre mariage que je te parle ainsi ; pour l'amour de moi, reste ici, je t'en supplie ; laisse au mort ce que je lui ai donné.

Elle avait pris le bras de son mari, essayant de le retenir ; mais il ne voulut rien entendre, et, l'accablant d'une injure grossière et d'un juron impie, il s'élança hors de la maison, à travers la cour, dans la direction de la demeure du métayer. Jenna n'avait plus qu'un espoir, c'est que son mari s'émouvrait à l'aspect du cadavre. Elle appela son fils, et tous les deux suivirent Bernard en toute hâte.

L'unique et misérable chambre de l'habitation de Pierre Hartmann avait été ornée comme il convenait pour le peu d'heures que son ancien locataire avait encore à rester sur terre. Un grand lit, dont des rideaux en cotonnade à carreaux rouges et blancs cachaient mal l'état délabré, avait été repoussé dans un coin; quelques images de saints, entourées de rameaux verts, interrompaient la nudité des murs en terre glaise, mal recrépis, et montrant à certaines places les bâtons entrelacés qui servaient de squelette à leur plâtrage; enfin, sur la table boîteuse, qui formait avec quelques chaises brisées ou dépaillées l'unique mobilier de ce triste séjour, était placée une grande cruche en grès, remplie de branches de verdure et de fleurs des bois, emprunt gratuit fait à la forêt voisine. Le sol en terre battue était couvert de sable blanc. On avait placé le cercueil, quatre planches en sapin, au fond de la pièce, sous une des fenêtres tamisant une lumière parcimonieuse à travers ses petites vitres verdâtres, enchassées dans des losanges de plomb.

Dans la bière était étendu le cadavre du métayer; les mains jointes retenaient un crucifix posé sur la poitrine; tout autour, se dressaient douze chandeliers en zinc dans lesquels se consumaient des chandelles dont la flamme terne et rougeâtre et l'âcre fumée répandaient une odeur nauséabonde. Mais tout ce cadre d'indigence disparaissait et s'oubliait à l'aspect poignant d'une jeune fille, agenouillée aux extrémités inférieures du cercueil, et qu'on eût pu croire privée de vie, si parfois des tressaillements nerveux n'étaient venus prouver qu'une âme se brisait dans ce corps frappé d'atonie.

C'était Lisbeth, l'enfant unique du métayer.

La taille élancée et souple de la jeune fille se cachait sous un châle en laine noire, jaunie par l'usage, dernier débris de l'aisance d'autrefois; ses beaux cheveux d'un blond de paille, relevés sur le sommet de la tête sous un petit bonnet carré, tel que le portent les femmes du pays, retombaient sur la nuque en un bourrelet arrondi. Si misérable que fût ce costume, il n'enlevait rien à la grâce native de la jeune paysanne; on eût dit une fée, une « elfe » ayant quitté son royaume humide, ses grandes mares couvertes de verdure au sein des bois profonds. Son visage, qui conservait encore dans ses traits je ne sais quoi d'enfantin, reposait sur ses mains jointes pour la prière, et de grosses larmes coulaient à travers ses doigts, tombant une à une sur les pieds du cadavre mal recouverts d'un suaire en toile grisâtre.

Elle ne priait pas cependant, elle s'accusait; amers et saints regrets :

— Père, père, murmurait-elle, demande à Dieu qu'il me pardonne de t'avoir donné si peu de contentement. Depuis que tu n'es plus, j'ai le cœur gros de remords, il me semble que j'aurais dû prendre une plus grande part aux chagrins qui te rongeaient l'âme. Notre mère n'avait souvent contre toi que des plaintes et des reproches, c'eût été mon devoir alors de te consoler par de bonnes paroles; tu croyais bien faire; j'aurais dû aviser avec toi à combattre la misère commune, calmer tes colères par de douces caresses, te réconcilier avec l'inévitable destinée! Hélas, hélas, je n'avais de pensées que pour Franz, je ne songeais qu'aux heures passées avec lui, à celles où il me serait possible de le revoir; j'étais heureuse, gaie, contente, tandis que tu te mourais de misère, de rancunes et de soucis enfiévrés. Oh! je sais que j'ai péché, — c'est sans doute pour me réveiller de mes rêves coupables que Dieu m'a envoyé la cruelle épreuve de te perdre et de te voir mourir si tristement, sans un dernier baiser de ta fille; je veux m'en repentir tout le long des jours qui me restent encore à vivre, — je le jure ici par ton cercueil, j'enterrerai mon amour avec ton cadavre, — je ne le reverrai plus, lui, — nous quitterons cette maison maudite avant que « le maître » ne nous en chasse. Oui, oui, dès demain, père!

Des sanglots brisés étouffèrent les paroles de la pauvre enfant, qui se reprochait son bonheur et son amour, comme si réellement elle eût été coupable. Sa résolution était sincère ; elle voulait aller s'établir avec sa mère dans la ville voisine, chez une vieille cousine qui tenait une petite boutique de fruits près du marché, et qui depuis longtemps lui avait offert, pour les jours de détresse, une place derrière son comptoir, avec la perspective de lui succéder un jour. En attendant, elle espérait se rendre utile par quelques travaux de couture, dans lesquels elle était très-habile, et gagner de quoi subvenir aux besoins de sa mère. N'était-ce pas elle, d'ailleurs, qui depuis longtemps soutenait de cette manière le ménage paternel? Quant à Franz, elle ne le verrait plus, mais elle lui écrirait, cette nuit même, en veillant le cadavre, avant qu'on ne vînt l'emporter pour l'ensevelir dans sa dernière demeure.

Lisbeth fut arrachée à ses rêves par un pas rapide qui se rapprochait de la maison. Son cœur battait, elle craignait et espérait en même temps que ce ne fût Franz. Puis elle entendit sa mère arrêter quelqu'un devant la porte ; une discussion de plus en plus violente parvint jusqu'à elle, mais elle ne distinguait que la voix de sa mère et celle du « maître » tant redouté.

Les deux interlocuteurs étaient maintenant près de l'entrée ; Lisbeth fut prise d'une indicible terreur ; elle se disait que tout était découvert et que la colère du « maître » allait éclater sur elle. Vaincue à l'avance, elle voulut se sauver, et se jeta derrière les rideaux du lit. A peine les plis en retombaient-ils sur elle, que Bernard Moll fit sauter la porte d'un coup de pied et pénétra dans la chambre.

Lisbeth, qui se sentait défaillir, entendit Thérèse dire :

— Oui, maître, le voilà, je lui ai mis votre chemise, arrachez-la lui vous-même, si vous l'osez devant Dieu ! je ne la lui ôterai pas, ni moi, ni qui que ce soit !

Le fermier ne daigna pas répondre ; d'un pas ferme et insolent, il marcha vers le cercueil, et, renversant les chandeliers qui lui barraient le passage, il se pencha vers le mort et lui saisit la main pour lui enlever son vêtement funèbre.

— Je ne veux pas, dit-il, que tu emportes dans ta tombe, mon bien, à moi; entends-tu, infâme voleur !

Lisbeth, oubliant sa frayeur à l'aspect de l'horrible profanation qui allait se commettre, se précipita vers sa mère, dont l'œil vitré et atone suivait avec stupeur la violation du saint repos des trépassés. En ce moment la porte s'ouvrit avec précaution, Mme Jenna et Franz parurent. Quand celui-ci vit quel était le dessein de son père, il voulut se précipiter sur lui pour en arrêter l'exécution, mais un cri terrible poussé par Bernard le cloua au sol.

—Lâche-moi, lâche-moi, hurlait le misérable, se laissant choir à genoux, livide d'effroi et d'épouvante.

Franz, Thérèse et sa fille se jetèrent en avant.

Ils virent alors, à n'en pas croire leurs yeux, que le mort, dont les traits contractés n'avaient rien perdu de leur raideur cadavéreuse, avait cramponné sa froide main autour de l'avant-bras de son ennemi sur lequel il fixait des yeux sans vie, démesurément ouverts.

Le profanateur essayait, mais en vain, de s'arracher à cette horrible étreinte, ses bonds et ses secousses ne parvenaient qu'à soulever dans sa couche le lourd cadavre de son métayer.

Franz, surmontant ses terreurs, ému des cris déchirants que son père ne cessait de pousser, voulut lui venir en aide. Ses efforts échouèrent. Les doigts du mort étaient serrés convulsivement, comme des crampons en fer, autour du bras raidi de son ennemi.

Thérèse était tombée à genoux.

— Merci ! oh merci ! mon Dieu, de l'avoir ainsi puni, disait-elle ; non, non, tu n'abandonnes pas le malheureux, et ta main sévère s'appesantit sur qui te brave !

A ces mots, la fureur du paysan reprit le dessus sur son premier saisissement. Elle ne connut plus de bornes. Se levant d'un coup, il enleva à moitié hors de la bière le cadavre du métayer, dont la main resta soudée à son bras.

— Prends un couteau, Franz, s'écria-t-il enfin dans le paroxysme de son exaltation, voyant que tous ses efforts pour se détacher étaient impuissants, prends un couteau, coupe-lui le poing !

Franz bondit en arrière.

— Que le Ciel ait pitié de vous, mon père, n'exigez pas de moi pareil crime. Je vais chercher le curé. Ses prières vous sauveront peut-être.

Épuisé, le fermier retomba à genoux.

— Hâte-toi, dit-il, hâte-toi, ma tête s'égare!

Franz se précipita hors de la maison dans la direction du presbytère. Mme Jenna, Thérèse et Lisbeth s'agenouillèrent à la tête du cercueil, laissant courir les grains du rosaire entre leurs doigts.

La figure de la veuve resplendissait. Ce n'était pas l'humilité qui régnait sur son front, pendant qu'elle priait ainsi. Non; ses traits flétris par le chagrin et la misère, rayonnaient de joie, du suprême bonheur de la haine satisfaite après de longues années d'oppression. C'étaient des actions de grâce qu'elle rendait.

Lisbeth, au contraire, plus pâle que le cadavre, n'éprouvait nul sentiment de satisfaction; son cœur ne savait que frémir à la vue de cette dernière manifestation de la vie transportée jusque dans le domaine de la mort. Elle conjurait l'esprit de son père de renoncer à sa colère et d'avoir pitié de son ennemi dompté.

Le fermier ne paraissait plus avoir qu'une idée fixe, c'était de se détacher de cette étreinte dont le froid glacial lui remontait jusqu'au cœur et en arrêtait les pulsations. Mais plus la main restée libre s'efforçait de détacher les doigts raidis du cadavre, plus ceux-ci paraissaient lui serrer le bras. Il ne lui resta donc plus qu'à attendre dans un morne abattement l'arrivée du curé.

Celui-ci tarda longtemps, car il y avait loin jusqu'à sa demeure, une demi-lieue au moins. Il vint à la fin, revêtu de ses habits sacerdotaux, accompagné de deux jeunes enfants portant les flambeaux, l'eau bénite et le goupillon, suivi du bedeau, du chirurgien et de Franz. Derrière eux venaient les oisifs du village, auxquels le prêtre enjoignit de s'arrêter dans la cour.

Le curé était un homme jeune encore, à la figure intelligente, aux traits réguliers et graves. Il s'avança solennellement vers le cercueil, les deux enfants marchant devant lui, et, se plaçant en face du paysan, de l'autre côté de la bière, il l'appela d'une voix sonore :

— Maître Bernard Moll !

Le fermier, toujours agenouillé, releva la tête, qu'il avait tenue baissée, mais il ne répondit pas.

— Bernard Moll, tu as péché envers Dieu et envers ton semblable. Dieu t'a frappé de sa colère redoutable, tu peux mesurer ton crime à la grandeur du châtiment. Lui qui parle rarement aux yeux de son peuple, a été vaincu dans sa longanime patience par l'audace de tes forfaits, et sa justice s'est manifestée envers toi dans un enseignement terrible pour tous ceux qui se complaisent dans une haine insatiable.

Le fermier voulut parler, car son orgueil, terrassé mais non vaincu, se révoltait à la pensée que cette scène avait des témoins, mais le prêtre lui imposa silence, et lui dit avec autorité :

— Je sais tout. Votre femme et votre fils ne m'ont rien laissé ignorer.

La tête du coupable retomba sur sa poitrine. Quant au prêtre, il se pencha vers le métayer, il croyait que celui-ci n'avait été qu'en léthargie, et que, se réveillant, il avait saisi la main du fermier, dont les violences l'avaient rappelé à la vie. Il fit un signe au chirurgien, avec lequel il avait déjà causé avant de quitter le presbytère, et, s'écartant du cercueil, il adressa quelques paroles de consolation à Lisbeth, à genoux près de lui.

Le chirurgien ouvrit sa trousse, prit une lancette et piqua le bras étendu du métayer, à l'endroit même du pouls. Mais le sang ne coula pas, et, après une longue pause, pendant laquelle il observa attentivement la face du défunt, il dit :

— Cet homme est bien mort !

Personne ne répondit à cette phrase ; car personne, hormis le chirurgien et le curé, n'avait mis le fait en doute; encore ce dernier ne pouvait-il exprimer cette opinion en présence de ses paroissiens, pour lesquels le miracle n'avait jamais été douteux.

— Docteur, dit le fermier d'une voix sourde, coupez la main au cadavre. A tout prix, mille francs, plus, si vous voulez; vous ne vous en repentirez pas.

Le chirurgien barbier regarda le curé, mais celui-ci secoua la tête.

— Dix mille francs, poursuivit l'autre.

— Je n'ose pas, fit le barbier en soupirant.

— Taisez-vous, Moll, dit le curé, il ne convient pas de se soustraire aux punitions divines autrement que par d'humbles prières et de pieuses soumissions. Je resterai à vos côtés dans cette épreuve, jusqu'à ce que nos communes instances aient calmé la juste colère de Dieu et obtenu votre grâce. Repentez-vous de vos nombreux méfaits à l'égard du défunt, repentez-vous en de toutes les forces de votre cœur, promettez de réparer autant que possible le passé, en vous chargeant de la veuve et de l'orpheline de votre métayer, et je ne doute pas que le Seigneur, dont la bonté est infinie, n'ordonne au défunt de vous laisser aller.

Priez-le de vous rendre la liberté en retour de vos regrets et de la promesse d'un meilleur avenir.

— Je ne puis me repentir, dit avec entêtement le fermier. Mon métayer m'a trop offensé.

Il se fit un silence pénible dans la chambre. Le curé voulut partir, alors Bernard fit un effort sur lui-même et dit d'un ton sombre et mécontent :

— Que Jenna parle pour moi !

Sa femme le regarda comme pour entendre la confirmation de ces paroles. Mais Bernard ne leva pas les yeux. Alors elle réfléchit un moment,—elle était évidemment sous l'action d'une inspiration soudaine,—ses traits se couvrirent d'une sainte expression, telle qu'on n'en lit sur la face de l'homme que lorsque l'esprit de Dieu le visite.

— Tiendras-tu, Bernard, ce qu'en ton nom je promettrai au mort?

— Je le tiendrai. Je n'ai jamais manqué à ma parole.

— Alors, que Dieu m'aide et m'assiste, dit Jenna, pâle, mais le regard décidé.

Elle fit lever son fils et Lisbeth, et, se plaçant en face du cadavre, au bas bout du cercueil, entre les deux enfants, elle dit d'une voix tremblante, au timbre voilé par l'émotion :

— Pierre Hartmann, écoute ce que je vais te

dire. Par le Dieu tout puissant, qui règne sur les vivants et sur les morts, je te supplie et te conjure de retirer ta main de ton maître. Si tu fais ainsi, je t'en récompenserai en ta fille unique,—je te le promets ici solennellement, au nom de mon mari et au mien, en présence de tous ceux qui m'entendent, — avant qu'il soit un an, Lisbeth sera ma fille et la femme de mon fils.

A mesure qu'elle parlait,— ce n'était pas une illusion, — les doigts décharnés du mort se détachèrent un à un du bras du fermier, et la main retomba lourdement sur le bord de la bière.

Aussitôt qu'il se sentit libre, Bernard bondit vers la porte, l'arracha de ses gonds et disparut dans la campagne, laissant derrière lui les assistants de ce drame, semblables à des statues de l'épouvante.

Le curé fut le premier à reprendre l'usage de ses sens, puis Jenna. Elle éclata en sanglots, et, montrant les jeunes gens, elle dit au prêtre :

Puisse ce malheur les rendre heureux !

Lisbeth tremblait comme un roseau secoué par les tourbillons de l'orage; elle cacha sa figure couverte de larmes dans le sein de sa mère, abandonnant sa main à son fiancé. Quand elle leva les yeux, le douloureux sourire qui couvrait ses lèvres tressaillantes paraissait dire : Ayez pitié de moi ; à côté du cadavre de mon père, je ne puis encore vous dire ce que mon cœur ressent.

Franz et Lisbeth sont mariés et heureux. Maman Jenna et Thérèse vivent avec eux et gâtent à qui mieux mieux leurs petits-enfants. Quant à Bernard, la vengeance de son métayer le poursuit encore. Il se croit enchaîné au cadavre de son ennemi, et le caractère furieux de sa maladie a nécessité sa réclusion dans une maison de fous.

FIN.

Avis.

La *Bibliothèque allemande* contiendra les romans allemands les plus intéressants et les plus nouveaux, en bonnes traductions françaises.

Tous les mois, il paraîtra un volume sur papier fin, au prix de 1 franc ; autant que possible, chaque volume renfermera un roman complet. Les volumes suivants auront l'épaisseur de ce volume.

—

Le premier volume de la *Bibliothèque allemande* contient LA TACHE DE FAMILLE, par *Draexler-Manfred*, suivie de L'ALLEMAND ET LE POLONAIS, par *G. Müller*, traduits par *A. Tavernier*.

www.ingramcontent.com/pod-product-compliance
Lightning Source LLC
LaVergne TN
LVHW012014220826
846092LV00001B/350